庫

茶室殺人伝説

今野 敏

講談社

目次

茶室殺人伝説

第一章　茶室の死体

1

「あら、紅美子(くみこ)。早いのね。もう帰りじたく？」

制服から私服へ着替えを済ませ、化粧室で顔を整えていると、同僚が声をかけてきた。

「ええ。お先に……」

「ああそうか。きょうは水曜日だっけ」

私はほほえんでうなずいた。

水曜日は終業時刻と同時に会社を飛び出す。そんな私に、同僚たちが理由を尋ねたり、好奇の眼を向けたりしなくなってずいぶんと経つ。この習慣は、入社して以来のことだからもう三年も続いていることになる。

毎週水曜日は茶道の稽古日だった。何にでも手を出したがり、そのくせ飽きっぽい性格の私にしては、茶道はずいぶんと長続きしている。

丸の内にある会社のビルを出ると、人の波に乗って東京駅へ向かう。横須賀線で鎌倉まで帰るのだ。

私が習っている相山(そうざん)流茶道の家元も鎌倉にある。数ある茶道の流派のなかで相山流を選んだのは、鎌倉に伝わった茶道だからという理由が大きい。

私が生まれ育ったのも鎌倉。子供のころはただ古めかしい街としか思っていなかったが、短大生になった時分からどんどんと鎌倉のすべてが好きになっていった。今では、そこで生まれたことを本当に感謝している。

きっかり五十五分、電車に揺られて鎌倉の駅に降り立つ。サラリーマンやＯＬが、出口に向かってホームに列を作る。観光都市鎌倉も、今や東京への通勤圏内にあるのだ。

相山流茶道の道場は、二階堂にある。

水仙や紅、白、黄の梅、放し飼いの尾長鳥などで有名な瑞泉寺へ行く途中を左に折れて、山を登って行くのだ。

木々の枝がアーチを作る細い坂道の先がぼんやりと明るくなっていて、くぐり戸が見える。道場の四方は質素な板塀で囲まれている。

高価な茶碗などの道具類がたくさんある家元の屋敷にしては、この塀はどう見てもたよりなく思えた。

しかし、道具などというものは、使いたい人が使いたいように使って初めて生きるものだと、第十四代目の家元、武田宗毅は言うのだ。誰かが忍び込んで高価な道具を持ち去ったとしても、所詮茶の入れ物に過ぎぬのだから大騒ぎするほどのことではない。その道具との縁がそれだけだったに過ぎない。それよりも、道具があまり大切だと言って家の守りを固くし過ぎて、客に近寄りがたさや居心地の悪さを感じさせることのほうを、よほど恐れなければならない。

家元は常々弟子たちにそう言ってきかせている。

いつでも、教え諭すというのではなく、独り言のように、自分はこう思うという口調で話す。

家元は、私が抱いていた理想の茶人のイメージそのままだった。

自然と人間の心を愛し、世俗の欲得には無縁で、まるで魔法でも使うように、その手に触れたものすべてが風流を感じさせる題材に変化してしまう。

当然のことながら、家元は私の知る限りの弟子全員にたいへん慕われていた。

もちろん、家元が私たちに直接稽古の手ほどきをしてくれることなど皆無と言っていい。家元の指導が受けられるのは、全国各地の幹部クラスの師匠だけだ。

それだけでも家元の時間は不足しているという。茶の世界は伝えるべきことが山ほどある。

家元には、二人の息子がいる。長男は順一といい、宗順の号を得、次期家元を継ぐ身だった。もうひとりは秋次郎という名だった。家元の次男を、私は見たことがなかった。彼は、道場はおろか、滅多に茶にかかわりのある場に姿を見せないので有名だった。

次期家元の武田宗順の指導を受けられる人も、ごく限られていた。内弟子に入り、長年修業を積んだ者だけが教えを受けられるのだ。

もっとも宗順は、稽古よりも、政治家や文化人との交際に多く時間をさくとの評判だった。そのそつのない政治的やりとりの手腕は、驚くほど見事だという噂だ。

私の師匠は、九門京子という名の内弟子だった。まだ三十歳という若さだが、茶の道一筋に生きて、次期家元、宗順の信頼を得ているということだった。

私たちは彼女を宗京先生と呼んでいた。

いつも、一分の隙もなく和服を着こなし、きっちりと長い髪を後ろに結い上げている。色が白く、囁くように話す人だった。

古都の町並みに宗京先生が立つと、そのまま、時代が逆行したのではないかと錯覚することもしばしばだった。

私は、門をくぐり、その九門京子が受け持つ八畳間に向かった。

いつものとおり、私が一番乗りのようだった。廊下はまだひっそりとしている。門のなかに、路地へ入るためのもうひとつのくぐり戸がある。私はその戸を押し開けようとして、ふと手を止めた。

路地のなか、ちょうど縁側の正面あたりで人の声がする。

押し殺した声だが、明らかに言い争っている様子だった。男と女の声だ。そのひとつは宗京先生――九門京子の声に間違いなかった。

彼女は珍しく取り乱しているようだった。

私はどうしていいかわからず、バッグを握りしめて、くぐり戸の外に立ち尽くしていた。

そっと戸の陰からうかがうと、九門京子とやせた背広姿の男が向かい合っているのが見えた。男の顔が、障子から洩れる光に照らし出されている。

見たことのない男だった。

落ちくぼんだ目や眉間に深く刻まれたしわは、何事かをよほど思いつめたことを物語っていた。やつれた風貌から年齢は四十歳ほどにも見えるが、その口調の激しい様子からするともっと若い男なのかもしれなかった。

少し時間をつぶしてから出直したほうがいいだろうかと思い、戸口から離れかけたとき、突然、男が九門京子に背を向けた。

男は大股でくぐり戸に向かってきた。

私は隠れる間もなく、男と顔を合わせてしまった。

男は怒りに光る眼で一瞬私を見すえ、視線をそらして駆けるように道場から出て行った。

私は息を呑んだまま、男が出て行ったあとを見つめていた。

「どなた?」

路地のなかから九門京子の声がした。

「あ……。こんばんは。小高です」

私はあわてて、戸をくぐった。

九門京子は不安そうに私を見た。しかし、それも一瞬のことで、すぐにいつもの上品な笑顔を浮かべた。

「あら、紅美子さん……。いつも早いわね」

九門京子は、今の男について何も言わなかった。私も一言も尋ねなかった。

気まずさを追い払うように九門京子は言った。

「ちょうどよかったわ。今度のお茶会ですけどね。宗順先生が受け持たれる四畳半のお水屋を私が言いつかったの。あなたにそのお手伝いをお願いできればと思って……」

「え……」

「ご都合はいかがかしら」

「はい。喜んで務めさせていただきます」

うれしかった。

次期家元が受け持つ茶席の水屋ともなれば大任だ。その手伝いに指名されたのだから、これほど名誉なことは滅多にはない。

そしてこれは、今のところ誰にも打ち明けてはいないが、私は次期家元に憧れており、少しでも近づく機会を待ち望んでいたのだ。

私は、先ほどの男のことなどどうでもよくなってしまった。心のなかが、理知的な宗順の姿でいっぱいになったのだった。

お茶会は盛大だった。

各流派の茶の師匠たち、高名な評論家や作家、画家、陶芸家といった文化人の面々、衆参両院の名物議員などが、広い相山流家元道場の敷地内をそぞろ歩いていた。

八畳間を使った大寄せの濃茶席と薄茶席が一席ずつ、芝生を利用した立礼席が一席、庭のなかの離れに一席。以上が今回の茶席のすべてだった。次期家元・宗順が直接受け持ち、特に重要な客をもてなすのは、離れの四畳半だった。

一応、重陽の節句にちなんだ「秋の茶会」ということにはなっているが、実は、この茶会は事実上、宗順の婚約発表の場なのだ。宗順は、離れの四畳半で、政治的実力者や発言力のある文化人などに一服点てながら、そのむねを報告し、丁重に挨拶するというわけだ。

初めて宗順の婚約を知ったとき、私は心おだやかではいられなかった。夢物語といえばそれまでだが、宗順と結ばれることを思い描くこともあったのだ。

しかし、それはやはり現実離れした夢想でしかなかった。それが、今回の婚約でさらにはっきりした。宗順の婚約者は、菱倉グループの総帥、菱倉達雄の娘、優子だった。菱倉グループといえば、旧財閥系で政財界に君臨している企業帝国だ。

この婚礼の噂を知った日から、私の宗順に対する想いは、純粋な憧れに変わったのだ。

私は朝から宗順の四畳半の下足番を担当していた。茶席の下足は、誰がどの履き物の主であるかを正確に覚えるのはもちろん、路地から入席の案内までを粗相のないようにこなさなければならない。

この席にやってくるのは、いずれも重要人物ばかりだ。あわただしくはないが、神経の安まる暇がなかった。

九門京子は水屋に入りっきりだった。

水屋はいわば茶室のお勝手だ。茶碗や建水を洗い清め、棗の中の茶をきれいに掃きならし、菓子の用意をし、茶巾をすすぎ、水差しに水を足し、場合によっては「点て出し」といって、点てた茶を席に運び出さねばならない。

通常はどんなに小さい席でも三人でまかなうことになっている。しかし、今回、水屋は九門京子ひとりでこなしていた。こんなところにも、宗順の九門京子への信頼をうかがうことができた。

千葉から選出された与党の衆議院議員を主客とした一行を送り出して、ほっと一息ついた。

どんなに忙しい茶室でも、ぽっかりと客足がとだえる時間帯が必ずある。どうやら、そのエアポケットがやってきたようだ。

私は躙口の脇に置かれている竹の腰かけに腰を下ろした。

躙口というのは、高さ二尺二寸五分、幅一尺九寸五分程度の小さな入口だ。ここから入席するためには、誰もが頭を下げ、膝を折った姿勢を取らなければならない。

躙口は千利休の発明だという。上下をつけたり、大小の刀を帯びていてはこの入口からの入席に不自由する。茶席のなかでは太刀は無用であり、人の上下関係もないということを無言のうちに知らしめるための工夫なのだ。

私は、利休の創意に思いをはせながら、汗を押さえていた。残暑はまだきびしい。着物姿では、ことのほか暑さがこたえた。帯の窮屈さにも閉口していた。私の胸は、普段男子社員の視線を常に感じるほど大きい。

私は汗を押さえる手をふと止め、あわてて立ち上がった。

路地の飛び石を渡って来る人の姿が見えたのだ。その風体を見て、どうしたものか一瞬戸惑った。

四畳半に歩み寄ってくる三十歳前後の男は、白いコットンパンツにテニス・シューズをはいていた。空色の横縞が一本入ったポロシャツを着ているが、胸のボタンはすべて外されていた。

髪に油気はなく、いかにも洗髪したまま放っておいたという感じだ。色が黒いので、良くいえばスポーツマンの印象もあるが、全体を眺めると、遊び好きの大学生がそのまま年を取ったという感じしかない。

「いらっしゃいませ」

私は形式どおり扇子を前に持ち一礼した。

「ん？」

男はようやく私に気づいたとでもいうようにこちらを見た。「ああ、俺ならいいんだ。放っておいてくれ」

「いえ……あの……。そうはまいりませんので……」

男はあらためて私をしげしげと見つめた。私は目を伏せた。無遠慮な視線に腹が立った。

「へえ。こんなかわいい娘がいたんだ。君、名前は？」

「小高と申します」

(何なの！　この男) 私は心のなかでつぶやいた。

「小高……何？」

「紅美子です」

「オダカクミコね。どんな字を書くの？」

「あの」

私は相手を睨みつけていた。

「ご招待のお客さまでいらっしゃいますか」

自分でも嫌になる切り口上だった。

「俺か？　いいや、違う」

「ここは、ご招待のお客さま以外はご遠慮願うことになっております」

「なるほど……」

男は、私の言葉を無視して、離れに近づいた。

「あの、困ります」

「いいから、ちょっとのぞかせてくれよ」

男は軽く片手を振って私をたしなめ、躙口から、茶席をのぞき込んだ。

私はひやりとした。茶室のなかに宗順か九門京子がいたら、私は叱責されるのをまぬかれない。

席が終わったあとも、花に霧を吹いたり、炭を足したりするため、茶室にふたりのうちどちらかがいることは充分に考えられる。外からその様子はわからないのだ。

しかし、幸い茶室のなかからは何も聞こえてこなかった。誰もいなかったのだろう。

男は席を眺め回しながら言った。

「ほう……。床は、利休居士の御消息か。相山流の開祖の身を案じて書いた手紙だ。——菊の花は散りやすいけれども、重陽のめでたき恵みを受け……か……。花入れは、魚籠（びく）を使い、花は磯菊。利休の心配を受けて、このとおり、海辺の町で見事に菊は咲いている——つまり、元気で生きているということを表しているわけだ。そこで、香合が恩師利休にいただいた唐物ということになっている。なるほど、ここで恩師を慕う気持ちを連想させようというのだな」

ポロシャツの男は、くるりと私のほうを向いた。

「この床で高価なものといえば、香合だけだ。だが、重陽の節句にちなんだ、相山流の開祖、武田宗山と千利休の心の交流が無理なく語られている。地味な席だが、さすが次期家元の席だ。ここに出入りする金の亡者や権力の奴隷たちに、どこまでそれがわかるかな」

この男はペダンティストらしい。知識をひけらかして尊敬を得ようというのだ。そういう類の男は、女が口の軽い男などをたやすく尊敬したりはしないということを知らない。

私はこの男をここから追い出すことに決めた。

「もうじき次のお客さまがおみえになります。お引き取りください」

「わかったよ。そう怖い顔をしないでくれ。宗順の席を一目見ておきたかったんだ。婚礼にかこつけた、けばけばしい取り合わせだったら、あとで笑ってやろうと思ってな」

「ご用はもうお済みでしょう」

「ああ。満足した。ところで、あんたは相山流開祖の武田宗山がどんな茶人だか知っているのかい」

「わたくしはまだ入門して三年ですから……」

「宗山は利休の信頼を得た弟子のひとりだった。そして彼は、武士の心を持った茶人だったんだよ。相山流茶道には武士道の心が流れている」

男は私に背を向けた。

「相山流は武士の茶なのさ」

それだけ言うと、男は出口へ向かって歩き出した。

失礼な男だと思った。次期家元を「宗順」と呼び捨てにし、その床の評価を下しに来たという。

男が去ってほっとし、私は無人の席をのぞいてみた。薄暗い席のなかに床が見えている。

茶会が始まるまえに、幾度となく見た床だった。

私は自分の眼を疑った。床がまるで違うものに見えていた。床全体がいきいきと物語を始めたように見えたのだ。

確かに、そこには自分の弟子を心配する利休と、それに無言で答えようとする武田宗山の心のドラマがあった。それが季節感のなかで見事に表現されている。

私は、あらためて男の去ったほうを見つめた。

午後三時を過ぎると、客足はまったくとだえてしまった。大寄せの広間はそろそろ片づけを始めたようだった。

ここも、そろそろお開きだろうと思っていると、路地の門をくぐる人影が見えた。

私は襟元（えりもと）を正し扇子を構えて、その客が躙口のまえへ現れるのを待った。

しかし、その客は私のほうへは進んで来ずに、躙口から見て裏手にあたる水屋口――いわば茶室の裏口に向かった。客はひとりだった。

私は、彼が迷ったのだと思い声をかけようとした。しかし、その声を呑み込んでしまった。その客の顔に見覚えがあったのだ。

先日の稽古日に、九門京子と言い争っていた男だった。

男は足早に水屋口に消えていった。

私は首をひねりながら、躙口の脇にもどった。

しばらくすると、裏手のほうから、二人の男が口論する声が聞こえてきた。そのひとつは、宗順の声に間違いなかった。滅多に直接話を聞くことはなかったが、憧れの宗順の声だ。忘れるはずはない。

私は、そっと離れの角から声のするほうをのぞき見た。

宗順と、例の男が興奮した面持ちで話し合っていた。何を話しているのかは聞き取れない。

男は紺色のスーツを着て、空色のストライプのネクタイをしている。明るい場所で見るせいか、先日よりも若く見えた。

やがて宗順は、あたりを見回し、水屋口から男を席に招き入れた。

私は再び躙口の脇へ、足音を忍ばせてもどった。

席のなかから声は聞こえない。

時折、道具が触れ合う音が聞こえてくる。点前を始めたらしい。宗順が男に茶を点てているのだ。

何があったのかはわからないが、言い争いが一段落したようだ。

さらさらと、茶筅が茶碗を撫でる音が聞こえた。

次の瞬間、畳を強く蹴るような大きな音がして、私は驚いた。音は二度聞こえた。

続いて、男のうめき声。

そして最後に私を仰天させたのは、女の悲鳴だった。

席の最中に躙口を開けることはきつく禁じられていた。私は、急いで水屋口に回った。水屋に九門京子の姿はなかった。

「宗京先生……」

私はそっと呼びかけて水屋に上がった。水屋と茶室を結ぶ茶道口の戸が開かれたままになっていた。

私は恐る恐る茶道口に近寄った。席のなかをのぞいて見る。

九門京子の背と、彼女をささえるように立っている宗順の姿がまず眼に入った。宗順の顔は真っ蒼だった。これほどに緊張しきった男の顔を、いまだかつて見たことがなかった。

この様子からして、さきほどの悲鳴は九門京子のものに間違いない。

私は、宗順の視線を追って、息を呑んだ。

紺色のスーツを着た男がうつぶせに倒れていた。顔がこちらを向いている。男の体の下で鮮やかな色の血がじわじわと広がっていくのが見えた。排泄物と血の臭いが混じり合って鼻をついた。

私は、その男の眼を見てしまった。大きく開かれ、光を失った眼。

膝の力が抜け、頬と手足から血の気が引いて行くのがわかった。

膝が折れて、私の体はすうっと沈んでいった。

力強い手で、うしろから両腕をつかまれた。体を抱き止められて、私は失いかけた意識を取りもどした。

「しっかりするんだ」

ポロシャツの男だった。彼は、私の肩を抱いたまま、茶道口から離れた。

次々に人が駆けつけていた。九門京子の悲鳴のせいだ。

ポロシャツの男は、師範クラスの女性たちに私をあずけた。先生たちに囲まれた緊張感で気を取り直すことができた。

「もうだいじょうぶです」

「離れていなさい」

ポロシャツの男が言った。

「見てはいけない」

彼は用心深くかがみ込んで死体の下をのぞき込んでいるようだった。

「包丁がある」

彼はつぶやいて宗順のほうを見た。

私は驚いた。ポロシャツの男は確かに宗順を兄さんと呼んだ。

「どういうことだ、兄さん」

彼は家元の次男ということになる。

宗順の声が聞こえた。

「とにかく、警察を呼ばなくては」

ポロシャツの男、武田秋次郎はゆっくりと立ち上がって、無言で宗順を見つめていた。

ふと周囲のざわめきが消えていくのを感じた。

振り返ると、家元・武田宗毅が立っていた。集まっていた師範たちが道をあけ、頭を下げる。

家元は茶道口に立って、遺体、宗順、九門京子の順で視線を移動させた。

こういう場面でも家元は落ち着きを失ってはいなかった。

「遺体の胸に包丁が……」

武田秋次郎が、家元に言った。

家元は、初めて、ふとその眼に驚きの色を走らせた。そのときに交された家元と秋次郎の視線が、どこか意味ありげで、私は気になった。

2

神奈川県警のパトカーが次々に到着した。制服警官や私服の係員が、慣れた手つきで離れの四畳半を封鎖し、管理下に置いた。その暗黙の意志疎通による迅速で正確な行動は、一種の儀式を思わせた。

私はまず中野竜一（なかのりゅういち）と名乗る若い刑事に尋問された。このスマートな刑事は、時折、視線を上げて私を値踏みするように眺め回し、また気まずそうに手帳に眼を落とした。


　私は彼に訊かれるままに、起こったことを順を追って話した。

　彼はいちいち几帳面にメモを取った。

「あの……」

　私は尋ねた。「私が第一発見者ということになるんでしょうか」

「は……」

　中野という若い刑事は意外そうな顔をした。

「いや……、第一発見者というのは通常、遺体が放置されていて、それを最初に発見した人を言うんであって、今回の場合、現場にふたりの人間がいたわけだから……」

「殺人事件として調べているんですか」

「まだ断定はできません」

「でも、遺体には包丁が……」

「そうですね……。でも、そのへんがはっきりしないところで……」

　中野刑事は手帳を閉じて、困ったようにあたりを見回した。その眼が門の入口に向けられた。彼は明らかに安堵の色を見せた。

　門から人相のあまりよくない男が近づいて来た。

　身長はそれほど高くないが、肩幅が広くたくましい体格をしていた。赤ら顔で髪はている。

角刈り、眼が怖いほど鋭い。年齢は四十代の半ば。地味なスーツに細いネクタイをし

「どうだ」

男は中野刑事にそれだけ尋ねた。視線は中野刑事のほうには向けられず、警察の係員が動き回る邸内をしきりに巡っている。

中野刑事は、現場の位置や捜査の進行状況をてきぱきと答えた。

「こちらは？」

男が鋭い眼を私に向けた。

「あ……。ここでお茶を習っておられる小高紅美子さんです。事件発生当時、現場のすぐそばにおられ、物音を聞かれたということです」

「ほう」

鋭い眼が一瞬にして優しい光に満たされた。彼は笑顔を見せると、言った。

「県警の安積といいます。あとで私にも話を聞かせてください」

さっと笑顔を消し去ると安積と名乗った刑事は私に背を向けた。

「まずは現場だ」

「はい」

大股で歩き出した中年刑事を中野があわてて追った。

「あの……」

私はふたりに声をかけた。ふたりは同時に振り返った。

「私はいつになったら帰れるんですか」

安積が時計を見た。私は和服なので時計をしていない。が、だいたい午後七時前後であることはわかる。

「申しわけないがもう少し……」

安積が言った。

「私がもう一度もどって来るまで待っていてください」

「さあ、起こったことを順を追ってお話し願えますか」

安積という刑事が私のもとに再び現れたのは一時間も経ってからだった。

「はい……まず、あの亡くなった方がお見えになったのは、三時過ぎだったと思います。時計は持ってませんが、路地のなかにいると日の高さでだいたい時刻がわかるのです」

「路地というのは……」

「門から茶室へ行くまでに通る庭のことです」

「なるほど。で、あなたはその路地にいたわけですね。あの茶室の裏側ではなく」

「はい。お客さまは表側の躙口から入席なさいますから。私は下足番を言いつかっていました。躙口の脇に立っているようにと決められていたのです」

「躙口というのは、あの高いところに付いている小さな戸口のことですね」

「はい」

「それから……」

「お席が始まって十五分くらい経ったころかしら、急に茶室のなかで、どすんという音が二度聞こえたんです」

「そのとき、武田順一氏は何をしていたかわかりますか。つまり、客が入ってそのどすんという音が聞こえるまでの間ということですが」

「当然、お茶を点てていたと思います。点前をしている音がかすかに聞こえてきましたから」

「でも、あなたはその姿を見てはいない……」

「ええ……。でも宗順先生は次期家元です。そのお席で、他の人が点前をするなんて考えられません」

「なるほど……。で、その大きな物音ですが、どんなふうに聞こえました。例えば、物が落ちた音とか……」

「畳を蹴ったように聞こえました。一度目は小さく、二度目は大きく。でも今、考えると、二度目の音は人が倒れた音だったかもしれません」

「その音が聞こえてからどうなりました」

「ちょっと間があって、宗京先生の悲鳴が聞こえたんです。私、びっくりして……」

「宗京先生……九門京子さんですな」

「はい。それで、私、急いで裏手へ回って水屋口から水屋へ上がりました。水屋から茶席のなかを見ると、宗京先生と宗順先生が抱き合うようにして立っておられました。そして……」

「死体があったというわけですな」

「はい」

「被害者は、ご存じの方ですか」

「あ……。いいえ」

手帳を見ていた安積刑事の眼が私に向けられた。身のすくむ思いがした。鋭い眼だった。

私は、嘘は言っていない。

しかし、隠し事をしたのも事実だ。あの男が宗順や九門京子と言い争っているところを目撃したことを私は一言も話していない。

宗順や九門京子にとってわずかにでも損になることを私はどうしても語る気になれ

なかったのだ。

動揺が返事の歯切れを悪くした。

安積という刑事は、そんな私に疑いを抱いただろうか。安積の態度からは何も判断できなかった。

今、判断を下すのは私のほうではなく、安積刑事のほうなのだ。そして、彼は充分に経験を積んだ〝眼〟を持っている。

私は、まったく分がない勝負を始めてしまったのだ。

安積刑事の視線が手帳にもどった。

「石原健悟（いしはらけんご）という名に心当たりは？」

「いいえ、ありません」

「そうですか」

安積刑事は勢いよく音を立てて手帳を閉じた。質問の終わりを意味しているのだ。

私は尋ねた。

「あの……。その名前が……」

「そう。被害者の名前です。石原健悟、三十歳」

私はぼんやりとうなずいていた。

安積刑事が立ち上がった。

「どうも遅くまでありがとうございました。きょうのところは、こんなもんで結構です。いずれまた、お話をうかがうかもしれませんが……」

安積は、中野刑事を一瞥してからつぶやくように言った。

「――今回は、その必要ももうないと思います」

私は安積刑事を見上げた。

「それはどういうことなんでしょう……」

「まだ、はっきりしたことは言えませんがね。武田順一氏の証言どおりだとすると、石原健悟が武田順一氏に隠し持っていた包丁で襲いかかったんですな。だが、何のはずみか、石原は足をすべらせた。畳の上に靴下をはいた足で突然立ち上がったりしたからでしょう。石原は前のめりに転んだ。運悪くそのとき自分の手に持っていた包丁の刃の上に倒れ込んでしまったというわけです。あなたの証言も、この武田順一氏の証言と矛盾するところはない」

「自分が持ってる刃物の上に倒れるなんて……。そんなこと、あり得るんですか？」

「なに、慣れないナイフなんぞを振り回すチンピラの喧嘩じゃよくあることですよ」

私は、自分が持つ包丁の刃の上に倒れる男の図を思い描いてぞっとした。

ふたりの刑事は、門の外へ出て行った。

鑑識の係員の姿も今はなく、遺体はすでに運び出されていた。

私は、腰の痛みにようやく気づいた。一日立ちづめだったためだ。今まで緊張のために感じずにいたのだ。

屋敷のなかには、まだ大勢人が残っている様子だった。すべて師範クラスの人だった。

若い弟子で残っているのは私くらいのものだった。ほかのみんなは、ひととおりの尋問のあと、住所と名前をひかえられて、帰されていた。

どうしたものかとたたずんでいると、うしろから肩を叩かれた。

武田秋次郎が立っていた。

私はすっかり恐縮してしまった。頭を深く下げて言った。

「あの、先ほどはたいへん失礼いたしました。宗順先生の弟さんとは知らず……。お許しください」

秋次郎は笑った。

「気にすることはないさ。みんな気の使い過ぎなんだ。俺に対しても、そして兄貴やオヤジに対してもね」

「でも、お家元の次男の方に、あんな口をきいて……」

「普段顔を出さない俺が悪いのさ。それに俺ははっきりとした女の人が好きなんだ。気に入ったよ」

「そんな。からかわないでください」

「からかっちゃいない。それより、たいへんだったな。たまたま事件が起きたときに近くにいたばっかりに、遅くまで取り調べを受けて」

「はい……」

実際、くたくただった。腰と足は痛み、頭のなかは混乱しきっている。

「家まで車で送ろう。どこだい？」

「いえ……。そんな……結構です」

「遠慮することはない。家元の息子だからって気にしているんなら、すぐにそんな考えは捨てちまうことだ。疲れ切っている女性が目のまえにいる。男としては送っていくくらいのことはあたりまえのことなんだからな」

「だいじょうぶです。タクシーでも拾いますから」

「訊きたいことがあるんだよ」

「訊きたいこと？」

「車を正面に回してくる。門の外で待っていてくれ」

秋次郎は、小走りに駐車場へ向かった。

正直言うと、車で送ってもらえるのは本当にありがたかった。

門の外で待っていると、白いベンツがゆっくりとやって来て停車した。

「さあ」

秋次郎が助手席のドアを開けた。

「お言葉に甘えます」

私は助手席におさまった。

「どこまで行けばいい？」

「笹目町です」

「駅の向こう側か……」

秋次郎はトランスミッションをドライブ・レンジに入れて静かにアクセルを踏んだ。

「ベンツなんて素敵ですね」

「兄貴の車だよ。俺は車には興味はない」

そう言ったわりには、秋次郎のハンドルさばきは滑らかだった。

「あの……。訊きたいことって……？」

「ああ……」

秋次郎は前を見たまま何事か考えている。言葉を探しているようだった。

やがて彼は言った。

「刑事は何か言ってたかい？　今回の事件のこと……」

「ええ……。死んだ人……何と言ったかしら……。石原……そう石原という人が、包丁を隠し持っていて、点前の最中の宗順先生に襲いかかったんですって。ところが、石原という男は足を滑らせ、自分が持っていた包丁の刃の上に倒れてしまった……。それで胸を突き刺してしまったんだと……」

「ほう……」

「宗順先生がそう証言なさったと言ってました」

「何を考えてるんだろうな。警察は」

「え……？」

「普通そんなことまでしゃべるかな。尋問のとき、君のような立場の人間に……」

「でも、殺人を犯そうとしたのは石原という男のほうだし、その男が死んだのはいわば事故だから……。一応、事件の片はついたと判断して、安心して話したんじゃないかしら」

「警察というところは、そういうところじゃないと思うがね。徹底した秘密主義が彼らの身上のはずなんだ」

「でも、もう話を聞く必要もないだろうって、安積という刑事が言ってました」

「それが手かもしれない。そうやって安心させておいて、突然君のところへ訪ねて行く。動揺させるのも尋問のテクニックのひとつだ」

「そんな……。何のためにそんなことを……」

「君は、警察に嘘をつかなかったか？」

「いいえ……」

「じゃあ、何か故意に隠し事をしたとか……」

「そんなことはありません」

私はここでも嘘をつくはめになった。

「ふうん」

「あの、それが何か……」

「いや、君が嘘をついたり隠し事をしたのなら、刑事がそれに気づいたかもしれないと思ってね。一目見てわかったよ。あの安積という刑事の眼力はなかなかのものだ」

私は不安になってきた。

「まあ、嘘をついたとしてもこの段階では心配することはない」

秋次郎は何げない口調で言った。

「偽証罪というのがあるが、この罪に問われるのは『法律に依り宣誓したる証人』に限られる。つまり偽証罪はいわゆる身分犯なんだよ」

「私は嘘はついていません」

「一般論を言ったまでだ」

「でも……。ずいぶんと警察や法律に詳しいんですね」

秋次郎は笑いを浮かべた。どこか皮肉な感じがした。

「俺は法学部の出でね。専門は刑法と刑訴法だった。ゼミでは本物の刑事との付き合いもあった。司法試験を目指したこともあったが……。持ち前のいいかげんな性格がわざわいして挫折したってわけさ」

家が近づいてきた。

「あそこの角で停めてください」

秋次郎はうなずいた。

ベンツは重々しく停車する。

「本当にどうもありがとうございました」

私はドアを開けようとした。

「待ってくれ」

秋次郎はフロントガラスを見たまま言った。

「え……？」

「まだ、本当に訊きたいことを訊いていない」

「何でしょう」

「君は、ずっと茶席の外にいたんだな」

「はい」

「男が死ぬ瞬間は見ていないんだな？」

「もちろんです」

「じゃあ、何か特別変に思ったことはなかったか……。事件が起こるまでのことだが……」

「石原という男の人が水屋口へ向かったのが変といえば変だったと思いますけれど……」

「そうか……」

「どうしたんですか」

秋次郎は運転席を降りて、フロントを回り、助手席のドアを開けてくれた。

私は車を降りて、再び礼を言った。

秋次郎は、私の顔を見てつぶやいた。

「知りたいんだ」

「え……？」

「本当のことを知りたいんだ。いったい何が起こったのか」

秋次郎は、機敏に車の反対側へ行き、ドライバーズ・シートにすべり込んだ。

「じゃあ、ゆっくり休むといい」

そう言って手を振ると、別人のような笑顔を見せて秋次郎は車を出した。

3

「いろいろと周囲が騒がしく、皆さんも落ち着かないことと思いますが、お稽古場に入ったら余計なことは考えず、お茶に熱中してください。利休居士は大徳寺大仙院で禅の心を学ばれました。すなわち不動心です。皆さんも、今こそ不動心が何たるかを考えてみてください。そうすることで茶の道を、さらに一歩前進することができるでしょう」

橋本宗芳（そうほう）という名の、女性の師匠が私たちを前にして言った。五十歳をとうに過ぎているが、きびきびとした物言いが彼女をずいぶんと若く感じさせる。

事件以来、宗順と九門京子は自ら謹慎し、人前に姿を現さなかった。

九門京子に稽古を見てもらっていた私たちは、他の師匠のもとにばらばらに振り分けられた。私は、しばらくの間、橋本宗芳に手ほどきを受けることになったのだ。

事件が起きて三日経った。

翌日は、新聞がかなり大きな扱いで記事にしたため、わが家や会社でもちょっとした騒ぎになった。

もちろん記事には私の名など出ていない。しかし、家族や会社の同僚の何人かは私がその茶会の手伝いをしていたのを知っている。

あれこれと尋ねられるたびに、私の気分は重くなった。人が死んだ現場を見てしまい、それを思い出したこともあったが、何よりも、刑事に隠し事をしたというのが大きなしこりとなっているのだ。

だいいち私に事件のことを尋ねられても、詳しいことがわかるはずがない。私は新聞を読んでようやく事件の全貌がつかめたのだ。

警察の発表では、一応宗順の言い分を認め、事故という線で捜査を進めているようだった。

石原健悟という男が宗順をなぜ殺そうとしたかについては謎のままだった。宗順は一貫して何の心当たりもないと言い張ったということだった。

石原健悟は三十歳のサラリーマンだった。ある中堅の広告代理店に勤務していたということだった。

宗順は三十八歳で茶道の次期家元だ。学校も年齢も職業も社会的立場も何ひとつふたりに共通しているものはない。

記事でも、ふたりの関係については、一言も触れていない。警察でもまったく調べがついていないのだろう。

では、あの宗順と石原健悟の言い争いは何だったのだろう。そして、九門京子と石原健悟の口論は……。

宗順、九門京子、石原健悟は確かに何かの関係があったはずだ。それを知りながら、私は沈黙を守っている。これは罪なのだろうか。

さらに、記事の一行が私の心を揺り動かした。

警察では、石原健悟が殺人に用いようとしたらしい包丁の出どころを捜査中だという。

包丁は当然、石原健悟が隠し持っていたものではないのか。そうでないとしたら、いったい誰が何の目的で包丁などを茶室に持ち込んだというのか。

それとも、単なる手続き上の捜査なのだろうか。

私はこの三日間というものまったく自分を見失っていた。

今、こうして茶の稽古に出ていても、自分の罪の意識と戦い、多くの謎と疑問にさいなまれているのだ――

「小高さん。小高紅美子さんとおっしゃいましたね」

橋本宗芳の張りのある声が、突然意識の中に飛び込んできた。

「はい……」

私は驚いて背を伸ばした。

「眠ってらしたの？」

「あ……。いいえ、ちゃんと起きてました」

「でも、眼も耳も働いてなければ、眠っているのと同じことね」

「……すみません」

「剣術の道場でぼんやりしていたらどうなりますか。頭を竹刀でびしりと殴られてしまいます。昔なら、木刀で頭をふたつに割られていたでしょう。ここでも同じことですよ。特に相山流はきびしい武士の心を教えのなかに伝えているのですからね」

「はい」

「では、小高さん。こちらへ来て……。四方棚の総飾りです」

総飾りというのは、普通水屋へ下げてしまう柄杓、蓋置き、茶器などを、すべて棚に飾って残す点前だ。

普段顔を合わさぬ生徒たちのまえで、先生に注意を受け、私は顔が熱くなるのを感じた。

先生に挨拶をして点前を始めた私は、ふと心に引っかかるものを感じた。

橋本宗芳の説教の最後のひとことだった。

「相山流はきびしい武士の心を教えのなかに伝えているのですからね」——

そういえば茶会の日、武田秋次郎も同様のことを言っていた。

三年も相山流を稽古してきた私だが「武士の心を伝えている」というのがどういうことなのか、まったくわかっていなかった。

機会があったら誰かに詳しく尋ねてみよう。私はそう思った。

稽古が終わり、帰り仕度をしていると、私と同じく九門京子に教わっていた女の子が声をかけてきた。

年齢が近いこともあり、比較的親しくしている娘だった。

「ねえ、紅美子は、今夜どなたに教わったの」

「橋本先生よ」

「あら、かわいそう」

「どうして」

「あの先生、口うるさいんで有名なのよ」

「そうかな。実際に教わってみればいい先生よ」

「私だったら合わないだろうなあ。紅美子、まじめだから」

「そんなことないったら」

一見親しそうに話をしていても、女同士の会話は気が抜けない。さりげなく相手をほめ、そつなく謙遜をして見せなくてはならない。

私はときどき、男同士の飾り気のない会話が本当にうらやましくなる。

「それよりさ……」

彼女が声を落とした。

「ね、気がついた？」

「何のこと」

「家元のところにたいへんなお客が来てるのよ」

「誰なの？」

「菱倉達雄とその娘、菱倉優子よ」

「え……」

「私たちが稽古している部屋は、表の縁側に面しているでしょ。その廊下を歩いて行くのが見えたの」

「間違いないの？」

「もちろん。あれは、縁談を断りに来たのね」

「宗順先生の……？」

「そうよ」

「そんなのおかしいじゃない。だって宗順先生は被害者よ。命を狙われたのは宗順先生じゃない。茶室で人が死んだのは、あくまでも事故じゃないの」

彼女は、人差し指を唇に当てた。

「しっ」

「ほら、見て」

縁側から庭のほうに目をやると、庭をへだてた廊下を渡る家元の姿が見えた。そのうしろに続く恰幅(かっぷく)のいい人物は、菱倉達雄に間違いなかった。経済関係の新聞や雑誌で何度も写真を見ているのですぐにわかった。口を真一文字に結び、正面をまっすぐに見すえている。

私はその眼を見て、一瞬、病的なものを感じた。連日すさまじいストレスにさいなまれているせいだろうか。神経を病んでいる人間の過敏さをそこに見た気がした。

廊下は暗くてよくはわからないが、顔色も決して良いとは言えないようだった。

そのうしろで、うつむいている若い女性が菱倉優子なのだろう。

父親と同じくらい身長があり、全体にほっそりとした体つきだった。黒っぽい上品なワンピースを着ていた。

癖のない髪が肩のあたりで揺れ、育ちの良さを感じさせた。

目立つ顔立ちではないが、美人と言ってよかった。

私は、その表情やしぐさがふと気になった。

彼女は、顔を上げようとせず、じっと痛みに耐えるように口を結んでいる。

打ちのめされた者の姿だった。全身からうれいが感じられた。

縁談を断りに来たのだから、楽しそうな顔をするはずもない。それにしても、彼女は、あまりに痛ましく見えた。

彼女は、今でも宗順との結婚を望んでいるのではないだろうか。

菱倉優子は心から宗順との縁談を喜んでいたのだ。破談を主張したのは、菱倉達雄であり、彼女は無理矢理それに従わされたのだろう。

私は勝手に、そんな想像をした。

「いいわねえ」

稽古仲間が言った。

「え……？」

「あの菱倉優子よ。あのくらいのお嬢さまだと、縁談のひとつやふたつ壊れたって、すぐにいい話がやってくるわよ」

「そんなもんかしら。それにしちゃ、ずいぶんしょげてたみたいだけど」

「だまされちゃだめよ。ああいう上流階級の人はみんな演技が達者なんだから」

そうだろうか。とても、そうとは思えなかった。菱倉優子の表情は、確かに本当の悲しみをたたえていた。

「まあ、私たちには関係ないわね」

稽古仲間の溜め息まじりの声がした。

「とにかく出ましょう」

私たちは道場を後にした。

木の枝のアーチがある坂道をゆっくりと下る。

彼女は話の続きを始めた。

「これ、有名な話よ。菱倉達雄というのは、異常なくらい信心深くて、社長室に鳥居とお社（やしろ）を作っちゃったって……。朝夕、幹部社員といっしょに神様を拝んだって」

「その話は聞いたことがあるわ」

「このあいだも、菱倉グループ内に宗教法人を加えるのどうのともめたことがあったそうよ。経営専門誌に出ていたわ」

その話は、経済人の間では語り草になっていた。

菱倉達雄は、ある宗教団体にお布施と称して莫大な資金を注ぎ込み、果ては菱倉グループで、その団体の経営に乗り出そうとしたのだ。

結局、株主の反対に遭い、それは実現しなかったのだが、それ以来菱倉達雄の経営者としての良識を危ぶむ声が、グループ内外に根強く残っているという。

金はもうけた人間でないと、その使い方もわからなくなるということだろうか。

菱倉の今日を築いたのは旧財閥だ。グループをここまで大きくするのは大変な努力だったろう。それこそ神仏のことなど考える暇もなかったかもしれない。

今の菱倉達雄は大きくなり過ぎた組織と財力を守っていかねばならない。守りの姿勢はどうしても心を弱くする。

「……で、それがどうかしたの」

私は尋ねた。

「それくらい宗教にかぶれている人っていうのは、因縁というのを気にするのよ。一度、血を見てしまった縁というのは避けようとするのが当然と思っているわけ」

「でも、さっきも言ったけど、狙われたのは宗順先生よ」

「だからこそ問題なのよ。いい。宗順先生はその男に殺されるほど怨まれていたわけよね。そしてその男は結果的に命を落としてしまった。こういう怨みっていうのは残るのよねえ。つまり、祟るわけよ」

「いやだ。やめてよ。何だか怖いわ」

「つまり、菱倉としてはそういう因縁を持ち込みたくないというわけなのよ」

「勝手な言い草ね」

「菱倉達雄としては大まじめなんじゃないかしら」

「やけに事情に通じてるわね。どういうわけ？」

「ちょっとね……。通りがかりにね……」

「やだ、立ち聞きしたの」

「聞こえてきたのよ。もっとも、興味深いんで私もしばらく立ち止まってはいたんだけどね」

「気づかれたらたいへんよ」

「でも、これでまた少しは望みが出てきたじゃない」

「何の話？」

「宗順先生よ。好きなんでしょ」

「そんな……」

「黙ってたってわかるわよ。うまくいけば玉の輿（こし）ね」

「そんなおそれおおいこと、これっぽっちも思ってないわ」

いつしかバス停に着いていた。

「見かけによらず、押しが弱いのね」

彼女は意味ありげに私の顔をのぞき込んだ。

「じゃあ、私が先を越しても怨みっこなしよ」

「先を越すって……」

不覚にも私は狼狽（ろうばい）の色を見せてしまった。

相手は笑い出した。

「冗談よ。私だってそんなこと考えてないわよ。本当にまじめなのね、紅美子って」

私は思わず溜め息をついていた。

4

新聞は事件を一度報じたきりで、以来まったく取り沙汰しなかった。

社会面では毎日のように大小の殺人事件が記事にされている。殺人未遂の犯人が事故死をしたという事件は、それだけの扱いにしか相当しないほど小さなことなのだろうか。

それとも、捜査が進展していないということを意味しているのだろうか。記者クラブという制度が発達して以来、大新聞の事件記者たちのニュースソースの大部分は警察発表だと聞いたことがある。だから、どの新聞を見ても記事が似かよっているのだ。

それにひきかえ、主婦を対象にしたテレビのワイドショーはにわかに活気づいてきた。

ゴシップ専門のこれらの番組は、茶道の家元という社会的地位と華やかさに食いついたのだ。

鎌倉の二階堂にある家元の道場兼屋敷の周囲は、いつもテレビカメラとマイクが待機しているということだった。

これらの番組のレポーターは腐臭にむらがる銀蠅だった。一見きらびやかな衣裳をまとってブラウン管に登場するが、人間の一番いやしい心を商売にしている。追っても追っても、いまいましい羽音を立ててやってくるのだ。

職業に貴賤はないとよく言うが、私は、彼らだけはどうしても蔑まずにはいられなかった。

私は会社へ行っているので、朝や昼のワイドショーをいちいち見ているわけではないが、どうやら連中は寄ってたかって宗順を悪者にしようとしているらしい。

見るからにエリートという印象の宗順は、社会的地位の高い人々との付き合いをことのほか好み、自然に交際も派手だったため、誤解されやすいのだ。

テレビ局のスタッフやレポーターなどは、どうせ氏素性も怪しげで、育ちも悪い人間たちの集まりだろうから、宗順のようなエリートをいたぶるのが楽しくてしようがないのだろう。

確かにこのところ、私は冷静さを欠いている。ただの芸能ゴシップだったら、私だってワイドショーのレポーターなどに憎しみを抱いたりはしないだろう。

しかし、彼らのターゲットは、宗順なのだ。私は冷静さなどはとっくにドブに捨ててしまっていた。

私は、テレビのレポーター連中に腹を立てることでしばらく、事件に関するさまざまな疑問を頭のすみに追いやることができた。

考え始めると、また謎が謎を呼び、堂々巡りが始まってしまう。

私は、今回の事件を、私自身のなかでも不幸な事故として片づけてしまいたかった。確かに宗順が命を狙われるにはそれなりの理由があったに違いない。しかし、私は、あくまで宗順が被害者なのだと思いたかった。

疑問は疑問のままで残っている。しかし、なるべくそれから眼をそらし、かつての日常生活がもどってくることだけを願っていたのだ。


土曜は休日だった。事件は日曜日だったから一週間経ったことになる。

私は、朝寝坊を楽しみ、十時ごろ起きると、軽く朝食を済ませて、たまっていた洗濯物を片づけにかかった。

玄関で母の呼ぶ声が聞こえた。

エプロンで手をふきながら玄関へ出た私は、一瞬その場に立ち尽くした。

ドアに安積という名の刑事が立っていた。

「どうも、お休みの日にすいません」

安積刑事は笑顔を見せた。そのうしろに、中野という若い刑事の顔も見えた。

「よろしければ、ちょっとまたお話をうかがいたいのですがね」

私は、武田秋次郎の言葉を思い出した。

「安心させておいて、突然君のところへ訪ねて行く。動揺させるのも尋問のテクニックのひとつだ」

彼は私にそう言った。

確かに私は動揺している。刑事の術にはまってしまったのだろうか。

「紅美子……」

母の声がした。

「とにかく上がっていただいたら？」

私はふたりを和室の客間に案内した。

私とふたりの刑事は、黒塗りの大きな座卓をはさんで向かい合った。

安積刑事は、背後の床を振り返り、次に、障子の隙間から縁側越しに庭を眺めた。

「いやあ、結構なお宅ですな」

「古いもので、もうあちらこちらがいたんできています」

私は緊張を隠して答えた。

「代々こちらにお住まいですか」

「ええ……。そう古い時代のことはわかりませんが……」

中野刑事が射るような眼でこちらを見ている。

安積刑事の表情はあくまでもおだやかだが、じっと私を観察しているのは明らかだった。

母が茶を運んで来て、すぐさま部屋を出て行った。

安積刑事は、一口茶をすすると言った。

「あれから一週間経ちました。その後、思い出されたことはないかと思いましてね」

私は眼を伏せたまま首をかしげた。

「どんな小さなことでもいいんです」

「さあ……。私は、茶室の外に立っていただけですし……」

「だが、あなたは事件の起きた場所のすぐそばにいた人のひとりだ。それに、あなたは、茶室に入る直前の石原健悟氏を目撃している。何か気づいたことはありませんか」

「いいえ……」

「石原健悟氏は、茶室に入るまえ、何かを持っていませんでしたか……。例えばバッグとか……」

「いいえ、何も持っていなかったと思います」

愚かなことだとはわかっていた。

それでも私は、隠し通したかった。最初はそれは敬愛する宗順と九門京子のためだった。今は、私自身のためにそうせざるを得なくなっている。

事件当日、宗順と石原健悟の、また九門京子と石原健悟の口論を見たことを話さなかったのだった。今、ここで話すわけにはいかない。

私は、自分で自分を追い込んでしまったのだ。

もう刑事に尋問されることなどないだろうと高をくくっていたのも確かだ。私は、自分の考えの甘さに、愛想が尽きる思いがした。

「そうですか……。何も持っていなかった……」

「そう思います。確かじゃありませんが……」

「もう一度、順を追って思い出してもらえますか」

安積刑事は手帳を取り出してめくった。

「あなたは……ええと……茶室の表側の躙口（にじりぐち）の脇に立っていらした。で、石原健悟が茶室へやってくる……。席が始まって十五分くらい経ったころ、あなたはどすんという音を二度聞いた。そして、九門京子さんの悲鳴が聞こえる。あなたは茶室の裏手へ駆けて行って水屋口から水屋へ上がった。水屋から茶席をのぞいたら、石原氏の死体と、抱き合うようにして立っていた武田宗順氏と九門京子さんの姿が見えた……。以上で間違いありませんね」

「はい……」

「あなたは当日、下足番をしていたとおっしゃいましたね」

「ええ」

「茶室に入った客の靴はどこかへ持って行くんですか？」

「いいえ、入席された順に躙口の下に並べておいて、席を出られるときに足元に置いてさしあげるんです」

「ほう……。それはおかしいな」

「え……？」

「石原健悟氏の靴ですがね。あなたが言われるとおりだとしたら、当然、躙口の下になければならないはずでしょう。ところが、石原氏の靴は水屋口で見つかった。変じゃないですか」

不意に私と安積刑事の視線がぶつかった。私は必死に眼をそらすまいとした。ここで相手の眼を見ることをやめてしまったら、すべてが崩れ去るような気がした。

「石原健悟さんは、躙口からではなく、水屋口から茶室にお入りになったのです」

「水屋口……つまり、裏口から……。どうしてまた……？」

「さあ……」

「石原健悟氏が武田宗順氏とお知り合いだったということでしょうか？」

「さあ、私にはそこまではわかりません」

「あなたは、水屋口へ向かう石原氏の姿を見たわけですね」

「はい……」

「変だと思いませんでしたか」

「勝手がわからなくて迷われたんだと思いました。茶道を知らない人は、普通はあの小さな躙口を席の正式な入口だとは思わないでしょうから。私も、案内しようと途中まで追ったのですが、私が追いつくまえに石原さんは水屋に入ってしまわれました」

「水屋から席に入れて、茶を点てたりすることってあるんですか」

「家元がいつも言われていました。すべてお客の意にそうように席を進めなさいと。客が水屋から入って来るようなことがあっても、決してとがめず、そこから席へ案内するのが本当だというのです。だから、水屋の整とんは常に怠ってはならないときびしく言われています」

「なるほど……」

安積は複雑な表情を見せた。たたみかけるような質問が一段落した。

「あの……。今回の事件は事故ということで片づいたんじゃないんですか？」

私が尋ねると、安積刑事は曖昧にうなずいた。

「石原健悟氏が死亡した点だけを取ってみると、事故ということになりそうですね。捜査本部での見方もそれでほぼ一致しています。でもね、側面を変えて見ると、これは殺人未遂事件なんですよ。つまり、武田宗順氏の証言をすべて信じればということですがね。そして、殺人未遂事件として考えれば、確かなことは何もわかっとらんのです。凶器の出どころ、動機……まったくわからんのです」

「たとえ殺人未遂だとしても、その犯人の石原という男は、重過ぎるくらいの罰を受けたことになるんじゃないですか。つまり、死んでしまったわけですから……。それで事件は一件落着じゃないんですか」

「そうもいかんのです。せめて、石原健悟氏の動機でもわからんことには……。ひょっとしたら、石原氏は無実であるにもかかわらず殺人未遂の汚名を着せられることになってしまうのかもしれんのです」

「じゃあ、宗順先生が嘘をついていると……」

「いや、そうじゃありません。われわれの仕事は、常にそういった可能性も疑ってかからにゃならんということです」

「でも新聞で見る限りは、いろいろな証拠が宗順先生の証言を裏づけているということでしたが……」

「確かに……。専門家の意見では、死体はしっかりと包丁を握っており、死後、別の人間によって握らされた状態ではありませんでした。また、他人が包丁で刺したなら、多かれ少なかれ返り血を浴びるものですが、あのとき、武田宗順氏も九門京子さんも返り血は浴びていなかった。そして、包丁からは、石原健悟氏の指紋しか検出されませんでした。以上の事実は、武田宗順氏の証言を裏づけています。しかし、それだけじゃ決め手がないのです」

「決め手？」

「そう。あの狭い茶室内で何が起こったのかを正確に物語ってくれるものです。石原氏の殺人未遂の動機もそのひとつになるでしょう」

「私は何も知りません」

「あなた自身はたいしたことじゃないと思い込んでお話しにならずにいることでも、大きな手がかりになるということがよくあるんです」

「知ってることは、すべてお話ししました」

「そうですか」

安積刑事は、小さく溜め息をついた。

「じゃあ、意見をひとつ聞かせてください。事件が起きたとき、茶室のなかは武田宗順氏と石原健悟氏のふたりきりだったと思いますか」

「当然そうだったと思います。宗京先生――九門京子先生は、当然水屋にいらしたはずです。お席の途中に水屋の人間が茶室に入るのは、〝点て出し〟のときくらいのものですが、あの場合、お客さまはひとりだから〝点て出し〟の必要もありませんでした。九門京子先生が茶席に入ることは考えられません」

「〝点て出し〟？」

「はい。大寄せの茶会など、お客さまの人数が多い場合、正客と次客を除いて、水屋で点てた茶を運んでお出しするんです」

「なるほど……」

「それに、どすんという音がして、悲鳴が聞こえるまでに、少しの間があったことが、九門京子先生が水屋にいらしたことを物語っているんではないかと思います」

「どすんというふたつの音が、事件が起きた瞬間と考えていいでしょうな。悲鳴までの間は、つまり、九門京子さんが水屋から様子を見に出てくるまでの間であったと……」

「はい」

「うん……。九門京子さんにお話をうかがったところ、やはりそのようにおっしゃってました……」

安積刑事には、やってきた当初の自信に満ちた態度が見られなくなってきた。こちらが落ち着いてきたせいもあるが、明らかに考え込む表情をする回数が増えてきたのだ。

ふと、私の直感を刺激するものがあった。刑事の勘はすぐれているだろうが、女の勘もばかにしてはいけない。

私が刑事に隠し事をしているのと同様、彼も知っていながら、故意に私に話さずにいることがある。

「話は変わりますが、あなた、相山流茶道の開祖の伝説をご存じですか？」

「開祖……武田宗山の伝説ですか……。いいえ、聞いたことがありません」

「そうですか……」

「あの、開祖伝説が今回の事件と何か関係があるんですか」

「いえ……。ちょっと興味がありましてね」

意味ありげな言葉だった。私は、自分の直感を確信した。

「さて、長いことお邪魔しました。ご協力感謝します」

安積刑事は立ち上がった。中野刑事もあわてて腰を上げた。

玄関で、安積刑事はふと振り返り、真剣な眼で言った。

「小高さん。本当のことを言うと、わたしゃあなたに協力してもらえると本当に助かるんだが……」

どう言葉を返していいか迷っていると、安積刑事はくるりと背を向けて、大股で歩き去った。中野刑事がそのあとを追っている。

私は急に疲れを感じて、その場に膝をついた。

「いったい何だったの？」

母が尋ねた。

「刑事さんが来るなんて、いやだわねえ」

「何でもないわよ。茶会の事件のことをあらためて訊きに来ただけ」

「何もうちまで来なくたってねえ……。ご近所の人がどう思うか……。あら、あなた、どこへ行くの？」

「ちょっと図書館まで」

私は心配顔の母を横目に見て家を出た。

わが家から十分ほど歩いたところに、私が通った御成小学校がある。中央図書館はその小学校と道路をはさんで建っていた。

私は、茶道関係の本をあさったり、郷土史のコーナーを何度も調べて、ようやく相山流について述べた本を一冊見つけた。

先代の家元が書き残した「相山流茶道のおしえ」という本だった。

私は、表紙の角がすれて丸くなり、薄茶色に変色した本をめくっていた。「相山流の歴史」というページを夢中で読み始める。

これまでは、点前を覚えるのが精一杯で、相山流の起こりなどに興味を持ったことなどなかった。

花嫁修業程度にしかお茶を考えていない生徒も多く、師匠たちも、そんな教え子になかなかそこまで話してくれようとはしない。

私も、稽古が進めばいずれ先生のほうから教えてくれるだろうとしか考えていなかった。

しかし、刑事の口から、「相山流開祖の伝説を知っているか」などと訊かれたら事情は変わってくる。

相山流開祖の武田宗山が千利休の弟子であることくらいは知っていた。でも、それでは何も知らないのと同じことだった。

私は読み進むうちに、思わず「へえー」とつぶやいていた。

千利休は、十七歳のときに堺において北向道陳に茶の湯を習い、さらに十九歳のときに道陳の仲介で、武野紹鷗の門下に入った。

武野紹鷗は、いわゆる侘び茶を作り上げた人物だ。

利休は、紹鷗とともに数々の工夫をこらし、侘び茶をさらに完成度の高いものにし、武士、町民の間に浸透させていった。

利休と紹鷗の関係は師弟関係を超えたものであったらしい。紹鷗がさまざまなことを利休に相談していたと言われている。

武野紹鷗は、武田の一族の出で、武田が衰え、田が野原になってしまったので武野と称したと伝えられている。

武田一族といえば、佐竹氏などと同様にもともとは源義光から出た甲斐源氏の一族だった。

相山流の開祖、武田宗山は、その名からもわかるとおり、武野の遠縁に当たる武士の家に生まれた。幼名は冶三郎（やさぶろう）といい、早くから武野紹鷗にあずけられ、茶を学び、さらに千利休に師事したという。

武野紹鷗亡きあと、千利休は、紹鷗の縁者である武田宗山をことのほか引き立てていたということだ。

その後、武田宗山は、自分が源氏の流れをくむという理由から、鎌倉に居を構え、「宗山庵」を設けた。それが、現在の家元まで続くわけだ。

武田宗山がなぜ千利休のもとを去り、鎌倉へやって来たかについては、何も書かれていない。

後に、武田宗山は、相模の「相」をとり、「宗」の字を改め、「相山流」を開いた。

相山流は、源氏や甲斐武田の流れをくむ一族による茶の流派で、宗山自身もそのことを強く意識していた。そのため、武士のたしなみや、心構えが教えのなかに数多く含まれているのが特徴になっているということだ。

明治まで、茶道の各流派は女性の弟子を取らなかったが、相山流は、最も遅くまでその伝統を守った流派でもあったという。

「相山流茶道のおしえ」からは、以上のことしかわからなかった。

残りのページは、武田宗山の語録とそれについての解説、そして実技の指導で占められている。

私は本を閉じた。

この本からは、「開祖伝説」と呼べるほどの事柄は知ることはできない。疑問が解けるどころか、またひとつ謎が増えてしまった。

武田宗山は、なぜ突然に利休のもとを去り、鎌倉に居を構えたのだろう。宗山は師、利休にたいへんかわいがられていたという。

この本には、年代がほとんど記されていない。宗山が利休のもとを去った正確な年代さえわかれば、他の歴史書と照らし合わせて、その理由もわかるかもしれない。そして、それが「開祖伝説」と関係があるに違いないと私は考えた。

私は「相山流茶道のおしえ」を書棚にもどし、再び図書館のなかを散策し始めた。開架式なので、こういった書物名にも著者名にもあてがないという場合、とても助かる。

郷土関係の資料は二階にある。

私は、郷土史に関する書物をつぶさに当たった。そして目的のものを見つけた。

文化史に関する年表のなかに、「天正十八年（一五九〇）武田宗山が二階堂に茶室を建て、相山流を開く」という記述があったのだ。

私はメモを取ると、百科事典のコーナーへ急いだ。

重い事典を引っぱり出し、千利休の項目を調べる。

武田宗山が鎌倉へやって来た天正十八年という年は、やはり意味がありそうだった。

千利休が豊臣秀吉に切腹を命じられ、命を絶ったのが、その翌年の天正十九年、つまり一五九一年二月二十八日のことなのだ。

私は、武田宗山の鎌倉への転居は、利休の死と何か関係があるのではないかと考えた。

百科事典は、利休処罰の理由として、大徳寺山門事件と、利休が茶器の売買で不当な利益を上げていたと秀吉が思い込んだことの二点を上げていた。

「大徳寺山門事件」というのは、利休が寄進した大徳寺山門の上に利休の木像が掲げられ、その下を歩かされたと秀吉が激怒したというものだ。

また、最新の説では、愛用していた「橋立」という名の茶壺を、秀吉に差し出せといわれ、これを断ったため怒りを買ったというのがある。

東京国立博物館の美術課長が発表した説だと新聞に出ていたのを覚えている。

いずれにしても、この三つの説には武田宗山はからんでこない。

宗山は無関係なのだろうか。

しかし、私にはそうは思えなかった。

ここまで調べたら、もう忘れて済ますというわけにはいかない。私の性分がそれを許さなかった。

「開祖伝説」も含めて、この謎を必ず解いてやろう。私は、そう決心していた。

第二章　開祖の伝説

1

月曜日はどうも気分が乗らない。体もだるく、午前中は伝票の整理くらいしかやる気がしなかった。

同僚の女の子が突然私の顔のまえに受話器を差し出した。

保留の赤いランプが点灯しているのを確かめて尋ねた。

「私に？」

「そっ」

彼女は親指をぴんと立てて、器用に動かした。男から、という意味だ。

私は回線のボタンを押して受話器を耳に当てた。

「はい。お電話替わりました。小高(おだか)でございます」

「武田です」

「は……？」

「武田宗順です」

けだるさがいっぺんに吹き飛んだ。

「はい……、あの……」

「お仕事中に電話などして申しわけないとは思ったんですが……」

「いえ……。とんでもありません」

「急なお願いで恐縮なのですが、今夜、もしご用がほかになければ、道場にお寄りいただけないだろうか。時間は何時でもかまいません。私はずっと道場におりますから」

「はい。わかりました。おうかがいします」

「ほかに約束でもあれば、またの機会でかまわないのだが……」

「いえ、だいじょうぶです」

「それではお待ちしています」

電話は切れた。

憧れの宗順から直接電話をもらったという幸福感でしばし現実感を失い、何の用で呼び出されたかを考えもしなかった。

午前中はほとんど仕事が手につかなくなってしまった。

一日が長く感じられ、ことさらに終業時間が待ち遠しかった。

相山流道場に着いたのは七時二十分ごろだった。

普段は縁のないお屋敷に足を向ける。玄関の前によく見かける若い男がいた。住み込みの内弟子のひとりだった。

私は彼に声をかけた。

「こんばんは」

掃除の道具を片づけていた彼は、振り返ってほほえんだ。

「小高紅美子さんですね。宗順先生から案内するようにと言いつかっております。用を済ましてしまいますから、しばらくお待ちいただけますか」

「はい」

内弟子の若者は、箒や塵取りを持って裏手の蔵へと歩み去った。

待っているうちに、胸が高鳴ってくるのを感じた。

次期家元が、三年しか稽古していない生徒にじきじきに電話をするというのは、どう考えても尋常なことではない。

私は、愚かな妄想に過ぎないとわかっていながらも、頭のなかに「玉の輿」という言葉が浮かんでくるのを止めることができなかった。

「お待たせしました」

若い内弟子がもどって来た。

「ご案内いたします。こちらへどうぞ」

宗順は母屋の六畳間で私を待っていた。上座に宗順がすわっている。私は、その左手に九門京子が同席しているので驚いた。

九門京子は、私と眼が合うといつもの上品な笑いを浮かべた。

私はふたりに向かって手をつき、深く一礼した。

「突然、お呼び立てして申しわけありません」

宗順がおだやかな声で言った。

「いえ……」

さすがに一門を引き継いでいこうという人物だ。言葉は謙虚だが、圧倒的な迫力がある。私はすっかり縮み上がってしまった。

「そう固くならなくてもよろしいのよ」

九門京子が言った。

「はい……」

「先日の茶会では、私の席を、この宗京先生とともに手伝ってくれたんだったね。よくやってくれました。いろいろあって遅くなってしまいましたが、お礼を言います」

「未熟ですので、どこまでお役に立てたかわかりませんが……」

「おひとりで、重要なお客さまの下足をよくこなしてくれました」

「恐縮です」

しばらくの間があった。私は下を向いたまま宗順の言葉を待った。これからが話の本題なのだと私は思った。それを告げるための沈黙なのだ。

「実は、きょうわざわざおいで願ったのは、あの茶会での出来事について、お話をうかがいたいと思ったからなのです」

「はい……」

「あれは不幸な事故だったと私は思っています。しかし、私の不徳が生んだ不祥事とも言えます。あなたにとっても、忘れがたいいやな思い出となってしまったことでしょう。私は、あなたにもお詫びを申さねばなりません」

「そんな……。あの日は偶然、私があの席のお手伝いをしていただけですし……。それに、もう忘れてしまおうと思っておりますから……」

死体の顔は記憶の奥にべったりと貼りついており、ふとしたきっかけで浮かび上がってくる。夢に見て夜中に目を覚ましたこともあったが、それでも本当に忘れようという努力が成功しつつあった。

死体を見てしまった恐ろしさより、刑事に秘密を持っているという罪の意識や、今回の事件にまつわる疑問に私の心は傾いているようだった。

「結構。いやなことは、一日も早く忘れることです。この私もそう努めています。苦しんでいるのはあなただけではありません。この私も、そしてここにいる宗京先生も、あなた同様に苦しんでいるのです。それを忘れずにいてください」

「はい……」

私はこの言葉がうれしかった。

宗順は、この私と同じ苦しみを共有していると言ってくれたのだ。

「あなたも警察から尋問を受けたのですね」

「はい」

「あれは気持ちのいいものではありません。気の毒なことをしました。ところで、刑事に何を訊かれましたか？」

「え……？」

私は伏せていた眼を上げた。無表情な宗順の眼がこちらを見つめていた。私は思わず九門京子を見た。彼女もまったく同じ眼で私を見ていた。

「あなたが刑事に何を訊かれたのか――それを知っておきたいのです」

「あの事件が起きるまでのことを順を追って話すように言われました」

「あなたはどう答えたのですか」

私は、できるだけ正確に安積刑事に語ったとおりのことを話した。

宗順はうなずいた。

「訊かれたのはそれだけですか」

「被害者は知っている人かどうかと……」

「何と答えました？」

「知らない人だと言いました。本当に知らない人でしたから」

私は九門京子の顔を見るのが恐ろしく、顔を伏せていた。彼女は、稽古の日に、私と石原健悟（いしはらけんご）が顔を合わせたことを知っているはずだ。

彼女は何も言わなかった。

宗順がさらに尋ねた。

「そのほかには？」

「実は、このあいだの土曜日に、刑事が自宅に訪ねてきまして――」

「ほう……」

「石原健悟という人が、なぜ表からでなく、水屋口から席にお入りになったのかということを気にしているようでした」

「……で、あなたは何と……？」

「お茶席に不慣れなため、迷われただけだろうと思ったので、そのとおりに答えました」

「なるほど」

宗順は腕を組んだ。

「それから……」

私はしばらく考えてから言った。

「そんなところだったと思います」

宗順と九門京子が顔を見合わせた。

「よくわかりました。世間では今回の事件を取り上げて、さまざまな言い方をしているようです。そこで、あなたのお考えも聞いておきたいのですが……。あなたは、事件が起きたときにすぐ近くにいた数少ない人間のうちのひとりです。今回の事件をどう考えておられるか、正直に話してくれませんか」

「はい。私は、まったく不幸な事故だと考えております。石原健悟という人が何を思って茶室に刃物を持ち込んだかは知りません。しかし、宗順先生はあくまでも被害者であり、石原健悟という人が亡くなったのは、事故に過ぎないと固く信じています」

この言葉で、ふたりが、私の気持ちを理解してくれれば、と思った。

いくつかの疑問や謎はあり、それは明らかにしたいとは思う。しかし、事実が宗順や九門京子の立場を不利にするものだったら、固く口を閉ざそうと私はこのとき本気で思っていた。

私は宗順と九門京子の側に立つことを決めていたのだ。

私は、ふたりの眼を見てぞっとした。

私の意に反してふたりの眼には、猜疑（さいぎ）の色があった。

私はここで何か言わねばならないと思った。しかし、私が言葉を探し出すより早く、宗順が言った。

「急の呼び出しに快くこたえてくれたことを感謝します。うかがいたいことは以上ですべてです」

私は退座せざるを得なかった。

どうしようもない割り切れなさを感じていた。

私は、刑事に大切なことを隠し通してまでふたりの立場を守ろうとした。そのふたりが私を探るような眼で見ていた。

私はまったく孤立してしまったのかもしれない。

「よう、どうした」

突然うしろから肩を叩かれ、私は跳び上がった。門を出ようとするときだった。

「やけに元気がないな」

武田秋次郎だった。

「そうですか……」

「兄貴に呼ばれたんだろう」

「ええ」

「何か言われたのかい？」

「いいえ。事件のことでいろいろと尋ねられただけです」

「ふうん」

秋次郎はわずかのあいだ考えてから言った。

「ちょっと、俺の部屋に寄っていかないか」

「え……？」

「話がしたいんだが、立ち話というのも……」

私は時計を見た。八時を過ぎていた。

「帰りは送って行くよ」

私はふと「開祖伝説」のことを思い出した。家元の次男なら当然それを知っているはずだと思った。

「じゃあ、ちょっとだけ……」

「こっちだよ」

秋次郎は縁側へ向かった。

簡素な部屋だった。

ベッドと本棚と古い机。それが調度のすべてだった。

本棚には刑法や刑訴法関係の書物が並んでいる。意外だったのはそれらの隣に日本の歴史や茶道に関する本がそろっていることだった。

「何だい。本棚がそんなに珍しいかい」

「いえ……。お茶にはほとんど興味をお持ちでないという噂ですので、こんなにお茶の本があるなんて……」

「茶はすばらしいものだよ。俺が茶に興味を持ってないなんて嘘っぱちさ。ただ、格式ばってるのがいやなだけだ。権威だの格だの言ってるうちは、永遠に茶のよさはわからない」

「はい……」

「何か飲むかい？」

「いえ、けっこうです。それより、お話というのは？」

「うん」

秋次郎はベッドに勢いよく腰を降ろした。

「その後、刑事は訪ねて来なかったかい」

「来ました。土曜日に」

「やはりね……」

「やはり？」

「あの事件の日、言ったろう。刑事が君に情報を与え過ぎるのが気になるって。あの安積という刑事は、君に何かを感じ取ったんじゃないかと思っていたんだ」

「そんな……。私が何を……」

「何かを刑事に隠してるんじゃないか。例えば……そうだな、君は以前にどこかで石原健悟に会っているとか」

私は必死に冷静さを装った。

妙な沈黙が生じた。何とかしなければと私は思った。

そのとき、障子の向こうで軽やかな足音がした。

続いて愛嬌のある老人の声がした。

「おい。秋さんや」

障子が開くまでその声が家元のものであることに私は気づかなかった。

部屋をのぞき込むやいなや家元は眼を丸くしたが、私も仰天してしまった。

私は向き直り、手をついて深く礼をした。

「とうさん。いくら息子の部屋だからって、突然戸を開けるのはないぜ。見なくてもいいものを見ちまうかもしれない」

「お、秋さん。日が落ちてからご婦人を連れ込んで、その台詞は聞き捨てならねえな」

「冗談だよ」

「それにしても、こっそりと……。すみに置けんやつだ」

「何言ってんだよ。小高紅美子さんだよ。ほら、あの事件の日、離れの下足をやってくれていた……」

「や……」

家元は私をしげしげと見つめて言った。

「たいへんでしたな。私も強く責任を感じております。いやなことは一日も早くお忘れになるがよろしい」

私は声も出せなかった。

「とうさん、何の用だい」

「ん……？　いや、ちょっとな」

家元は折りたたみの将棋盤と駒の入った木箱をかかえていた。

「客ならいいんだ。邪魔はせん」

「それが強く責任を感じている人間のすることかね。兄貴は謹慎してるんだろ」

「あいつのやることは大仰でいかん。どうも世間の眼ばかり気にしているところがある。大切なのは、自分自身の心よ。起きたことは仕方がない。これから先もいろいろなことが起こる。出来事は大波小波のようなもの。大きな出来事もあればささいなこともある。心は舟よ。舟の器が小さいと、秋さんや、波に呑まれてしまうのよ」

家元はにっと笑った。

「じゃあな」

障子が閉じた。

秋次郎もにっこりと笑っていた。ふたりの間に太いつながりを感じた。この親子は互いに敬愛し合っているのだ。

秋次郎が言った。

「あれでずいぶんと落ち込んでいたんだよ」

稽古場の家元からは想像もつかぬ姿だった。しかし、このほんの短いやりとりの間に、私のなかに家元に対する尊敬だけではないほのぼのとした感情が生まれ、しっかりと根づいていた。

私の心はすっかりとなごんでいた。これが本当の人徳なのかもしれないと私は思った。

同時に私はひとりで思い悩むことの愚かさを悟っていた。

私は秋次郎と家元に心を開き始めていた。

秋次郎にすべてを話そう。私はそう決めていた。

2

「おっしゃるとおり、私は、石原健悟を以前に見かけたことがあるんです」

唐突に話し出した私を、武田秋次郎は眉をひそめて見つめた。

「驚いたな。俺は当てずっぽうで言ったのに」

「あれは、茶会のまえのお稽古の日でした。いつものように、宗京先生が受け持たれているお部屋へ行こうと、庭へ入りかけたとき、宗京先生と男の人が言い争っている声が聞こえたんです。私はどうしようかと思い、庭の入口に立っていると、その男の人が突然すごい勢いで出て行こうとしたんです。それで私とばったり顔を合わせる形になって……」

「その男が石原健悟だったというのかい」

「間違いありません」

「ふうん……」

秋次郎は考え込んだ。子どものようにいたずらっぽい眼が、知的な光を宿し始める。

「それだけじゃないんです。茶会の当日、私は宗順先生と石原健悟という人が言い争っているところを見ているんです」

「兄貴と？　いつのことだい」

「お席が始まる直前です。石原健悟は、表側には来ずに、まっすぐ水屋口へ向かったんです。その直後、宗順先生との口論が聞こえてきてました。私は、その様子をこっそりと見守っていたのです。宗順先生はすぐに、石原健悟を水屋のなかへお連れになりました」

「それで？」

「口論はすぐにおさまったようだったので、私は、躙口（にじりぐち）の脇にもどりました。そして、お点前の音が聞こえてきたのです。私は、何事もなかったのだと思い一安心しました。その矢先……」

「例の事件というわけか」

「はい。畳を強く叩くような……蹴とばすような音が二度聞こえて……」

「畳を打つような音が二度……？」

「はい……。そのあと、ややあって、宗京先生の悲鳴が聞こえたんです」

「それを警察には話さなかったんだね」

「はい」

「どうしてだい」

うまく説明できなかった。

しかし、私はできる限り正直に気持ちを伝えようと努力した。九門京子を尊敬していることはおろか、宗順に憧れを抱いていることまでも話した。

話し出すと、堰を切ったようなものだった。

私は自分の愚かさのために、孤立無援になってしまったことまでを語っていた。

秋次郎は、黙ってうなずきながら私の話を聞いてくれた。

私の話は突然終わった。

感情が昂っていた。私は肩で息をしていた。

「よくわかった」

秋次郎は優しく言った。私は顔を上げた。秋次郎はおだやかにほほえんでいた。

「たったひとりで思い悩んでいたのはつらかっただろう」

私は肩から力が抜けていくのを感じた。心底救われる思いだった。

「話してよかったわ」

「俺もそう思うよ」

「これからどうしたらいいんでしょう?」

「これから?」

「警察に話したほうがいいのでしょうか」

秋次郎は、左肘を膝に置き、右手で顎をこすった。しきりに思案している。

やがて彼は言った。

「いや、しばらくは今までのままでいよう」

「え……?」

「まえにも言ったろう。俺は本当のことが知りたい。今、警察にへたにひっかき回されたくないんだ」

「本当のことって……?」

「うん……」

秋次郎は言いよどんだ。

私はふと事件の直後、秋次郎と家元が不安げな視線を交していたのを思い出した。

私は思い切って、そのことを尋ねた。

「それは……」

秋次郎は、苦笑した。

「君の考え過ぎじゃないのかな」

さきほどまでの自信と余裕に満ちた秋次郎とは明らかに変わっていた。

何かが彼を動揺させている。

突然、私の頭のなかで閃くものがあった。思いきって私は、それを口に出した。

「相山流の『開祖伝説』に関係があるんじゃないんですか」

この一言は決定打となった。

秋次郎は、目を見開き、私を見つめた。もはや、彼は態度を取りつくろうこともできなくなったのだ。

私と秋次郎はしばらく無言で見つめ合っていた。

ふと秋次郎が視線を落とす。彼は失笑していた。

「まいったね。君は好奇心が強そうだとは思っていたけど、そこまで知っているとはね。確かにあのとき、オヤジと俺は『開祖伝説』を思い出して、ぞっとしたんだ。しかし、どこから『開祖伝説』を聞き出したんだ？　あの話は、家元とそれに準ずる高位の弟子、つまり相山流と一生をともにすることを誓った人間にしか知らされないことになっているんだ」

「警察から聞きました。あの安積という刑事から」

秋次郎の顔色が変わった。

「警察だって？」

「ええ。安積刑事が私にこう言ったんです。『あなたは、相山流の開祖伝説を知っていますか』って」

「それで……？」

「私は『開祖伝説』など知りませんから、そのとおりに答えました。刑事は、それ以上何も言いませんでした」

「刑事が『開祖伝説』を知っている」

秋次郎は、両手を握り合わせた。関節が白くなるほど力が入っていた。

「それから、いろいろと調べてみました。相山流開祖、武田宗山の記録は見つけることができました。でも、相山流の開祖伝説は私が調べたどんな資料にも載っていませんでした。実をいうと、今でも私は、『開祖伝説』がいったいどんなものなのか知らないのです」

秋次郎は、衝撃から立ち直れぬ表情のまま私を見た。

「そうだったのか……」

「警察が『開祖伝説』を知っていることが、それほど問題なのですか」

秋次郎は何も言わない。

「教えてくれませんか。『開祖伝説』とはいったい何なのか。私はすべて話しました。私も事実を知りたいのです」

秋次郎は、じっと自分の手を見つめていたが、やがて静かに私のほうを向いて言った。

「いいだろう。話そう。だが、これは本来なら相当に位の高い内弟子にしか伝えられない話だ。だから他言は一切無用だ。いいね」

秋次郎は語り始めた。


時代は、天正十八年——西暦一五九〇年。関白秀吉の治世だった。

利休が武田宗山を何かにつけて身近に置きたがっていたのは有名な話だ。

宗山が、恩師武野紹鷗（たけのじょうおう）の遠縁にあたるということも、もちろんあったが、もうひとつ大きな理由があった。

宗山は幼いころから剣に親しみ、相当な腕を持っていたというのだ。加えて、宗山は兵法に興味を示し、好んでそれを学んでいた。

利休にしてみれば、宗山はたのもしい用心棒でもあったわけだ。

世は一応の太平を見せているとはいえ、その実は、武士たちの思惑が火花を散らし、陰でさかんに謀略戦の鍔迫り合い（つばぜりあい）が行われていた時代だ。茶人といえども、用心を怠ることはできなかった。

利休当時の茶室は、不意の乱入者を防ぐため、すべての窓が連子（れんじ）、または下地（したじ）という形式だった。

また、客側の窓を高い位置にして、窓越しに客を槍で突くことができないように工夫してあった。

夜は、窓の障子に客の姿が決して映らないように設計されていたのだ。

茶会中は、躙口の内部から掛け金をかけ、侵入者を防ぐというのも、この時代の常識だった。

茶の奥義を極め、禅の修行もした利休のことだから、死など恐れてはいなかっただろうと考えるのは、平和な世に生きる人間の勝手な想像でしかない。この時代は、どんな人間でも身の回りの用心というのが日常となっていたのだ。

利休にとって宗山は、まことに重宝な弟子だったと言えるだろう。

初冬のある日、利休は所用で家をあけることになった。留守にするとはいえ、茶人の家には、いつ何時、来客があるかわからない。

せっかくの客をもてなしもせず帰してしまっては茶人としての末代までの名折れとなる。かといって、いい加減な応対はかえって失礼にあたることもある。

利休は考えたあげく、当初、伴として同行させる予定だった宗山を家に残すことに決めた。それだけ信頼のおける弟子だったのだ。

利休は、くれぐれも釜の湯を絶やさぬようにと宗山に言いつけて出かけて行った。

いかなる時でも、客に茶を点(た)てられるように、常に釜に湯をわかしておくのが、当時の一流の茶人の心得だった。

宗山は、師の言いつけどおりに、炉に火を起こし、釜をかけ、香をたきしめた。

釜の湯がわくころを見はからって、路地の戸を細く開けておいた。

これは、客に対し「いつでもお寄りください」という合図なのだ。

利休の外出を知ってか、この日の午前中にはひとりの客もなかった。

午後になり、宗山は「釜の湯も用無しであったか」と思い始めていた。ところが、暮れかかるころ、ひとりの客がやって来た。

客は柿坂留昏(るこん)という茶人だった。

宗山はつくづく師の言いつけを守ってよかったと思いながら、留昏を茶室へ迎え入れた。

留昏は、ある身分の高い人物の居城に出入りしている得体の知れないところのある茶人だった。

宗山はそのことを充分に承知しているのでことさら丁重に応対した。師の留守を詫び、自分が一服点ててさしあげたいがどうか、と相手の意向を尋ねた。

「さて、留守とあらばしかたがない。なに、わたくしもさしたる急用があってまいったわけではない。それよりも、宗山どの、この留昏も、そなたの噂は聞き及んでおる。何でも、武野翁の縁者であられ、利休どのの一の弟子とか……」

「とんでもございませぬ。当方、生まれついての武骨者ゆえ、人一倍、師の教えが必要。ひとときでも長く師のそばにおり、有言無言の教えを得ようと、あとを追い回しているだけでございます」

「いや、ご謙遜――。そなたのお点前(てまえ)とあらば、ぜひにも所望いたします」

宗山は手早く準備に取りかかった。

運びで炉の点前を始める。

「ほう……」

留昏は低くうなる。

「武野翁が『よほどの上手でなければできぬ』と申された、お運びにございますか……」

宗山は悪びれずに答える。

「枯れた点前として、利休がことのほか気に入っておりまして、当門ではよく修練することになっておりますので……」

宗山の手つきは、実に切れが良かった。動作の自然な流れのなかに〝極(き)め〟がある。まさに、武人のきりりとした茶だった。

柄杓(ひしゃく)を取って、水指から水をくみ、釜の湯に入れる。そのまま、柄杓を釜のなかに差し入れ、湯を練った。

そのとき、宗山は、背筋になじみのある感触を味わった。剣術の稽古の際によく感じることがある。

それは殺気だった。

柿坂留昏が片膝を立てた。宗山は、それを視界のすみでとらえた。

留昏の手に光るものがあった。夕暮れの薄暗がりのなかで、さえざえと青く光っている。

留昏が気合いを発して宗山に襲いかかった。その手には、懐剣がしっかりと握られている。

宗山は、刃物をかわしざま、手に持っていた柄杓で、留昏の額を痛打した。

留昏が一瞬ひるむ。

宗山は、懐剣を持った留昏の手を取り、強く畳に引きつけた。

同時に相手の足を払う。

宗山は、留昏の手首を、懐剣の刃が上を向く形で固めていた。

足を払われた留昏はその上に倒れ込んだ。

懐剣が深く胸に突き刺さっていた。留昏は絶命した。

すべてが無意識のうちの宗山の反撃だった。宗山は、そっと手を留昏の体の下から抜き出した。

留昏の姿は、自ら懐剣で胸を刺し、果てたようにしか見えなかった。

弟子たちが、何ごとか、と茶室に駆けつけた。茶室に倒れる留昏と、その体の下に広がりつつある血だまりを見て一同は、息を呑み、目を丸くした。

あわてふためく弟子たちに宗山は言った。

「師匠が帰られるまで、この茶室に一切手を触れてはなりませぬ」

弟子たちのひとりが尋ねた。

「でも、留昏どのをあのままにしておくわけには……」

「いや、あのままにしておくのです。今、動かすと、のちのちにさらにことの次第が悪くなるのです」

弟子たちは、不審な気持ちを抱きつつも宗山の言いつけに従った。

夜半に利休が帰宅し、宗山から事情を聞いた。

利休は茶室の様子を一目見るなり、「これは事故だ」と弟子一同にきっぱりと宣言した。

宗山か留昏か——どちらがどちらの命を奪ったとしても、複雑な政治問題がからんでくる当時のこと、利休は、これを不幸な事故として押し通し、留昏を刺客として使わした身分の高い人物にも恨み言ひとつ言わなかった。

しかし、宗山はその一件がもとで利休のもとを去ることになる。利休にこれ以上の迷惑がかかることを恐れたのだ。

「そして、宗山は鎌倉の地にやってきた。自分は源氏の血を引いていると信じてたからね。宗山がここへ居を構えてからも、利休との師弟の情は通い続けた。それは、あの茶会の日、兄貴が床で表現したとおりだ」

「覚えています」

「そして、宗山は茶人が茶を点てている最中といえども命を狙われる危険があることを痛感したわけだ。特に、当時は身分の高い武士が謀議に茶室を使うことも少なくなかった。そこで宗山は、あの留昏に対して反射的に使った技を、のちに修練しなおし、代々相山流の家元を継ぐ人間だけに『秘伝』として伝えたわけだ」

「それは今でも伝わっているのですか」

「伝わっている」

「でも、戦国の世ならいざ知らず……。平和な現代茶道の世界でどうしてそんな技が必要なのですか」

「『秘伝』は相山流の柱だ。実際に使う機会があるとかないとかの問題じゃないんだよ。宗山がどんな気持ちで自分の茶を作っていったか――それを知るためには、この柱が必要なんだ。宗山は、まさに武人としての生死を極めたところに茶の心を求めた。それを受け継ぐための『秘伝』なんだ」

「なんだかおそろしいわ」

「およそ何々道というのはそういうものだと僕は思っている。空手道にしても、今は、顔面を殴っちゃいけないとか、寸止めにするとか安全を考えたルールにのっとっている訳だけども、各流派には必ず一撃で敵を殺すための秘技が伝えられているはずなんだ。その秘技は、今の世のなかじゃ使う機会などほとんどないだろう。でも伝えていかなくちゃならない流派の柱なんだよ」

「ちょっと待ってください。頭のなかを整理したいんです」

「いいとも」

「代々家元を継ぐ人に伝えられると言われましたね。でも、そういう技は一朝一夕にマスターできるものじゃないでしょう。おそらくは何年もかけて自分のものにするんですよね」

「そうだよ」

「では、すでに宗順先生はその修業もなさっているということですか」

「当然だろうな。次期家元なのだから。ただそれは、オヤジと兄貴だけの秘密で、次男坊のこの俺ですら知らない」

「宗順先生がその技を使いこなせるとしたら……」

「そう。あの事件が事故とは言い切れなくなってくるんだ」

「そして、『開祖伝説』を警察が知っているということは……」

「警察も、疑いを持っているということだな」

私は血の気が引くのを感じた。現実感が失せていく。

秋次郎が立ち上がった。

「きょうはもう遅い。話はまたにしよう。俺も、もう少し考えてみたい」

私ものろのろと腰を上げる。

「車で送っていくよ」

私は無言で秋次郎のあとに従った。

門を出たところで秋次郎は振り返り、言った。

「俺が真実を知りたいと言った理由がこれでわかったと思う。これからは君はひとりじゃない。俺といっしょに本当のことを探り当てよう。手伝ってくれるね」

私は夢中でうなずいていた。

3

秋次郎は翌日からさっそく、積極的に動き始めたようだった。

三時過ぎに電話がかかってきて、夕方、会社の近くで会おうという。鎌倉から車を飛ばして来るということだった。

私は、会社のそばの喫茶店を指定した。

そんな場所で男の人と会っていたら、翌日には社内にあらぬ噂が広がってしまうだろう。だが私は、頓着しなかった。

そういうことを気にしていられたのは、はるか昔のような奇妙な気持ちだった。

「僕は訊ける限りの人に尋ねてみた」

喫茶店で向かい合ったとたんに秋次郎は話し出した。興奮を無理に抑えている様子だった。

「何をですか」

「あの日——あの事件のあった茶会の日、警察に質問された人間のなかで、『開祖伝説』を知っている人間に訊いたんだ。〝警察に開祖伝説のことを一言でもしゃべったか〟と。人数はそう多くなかった。位の高い弟子で当日、道場にいて足止めをくったのは五人」

「で……？」

「全員はっきりと否定した。思いも寄らぬことだと言っていた。これは本当のことだと思う」

「それはわかるわ。私だって知っていたとしても話さなかったはずです。だいいち、形式的な警察の質問を受けて、『開祖伝説』のことを思い出す余裕なんかあったかしら……」

「俺はオヤジにまで尋ねたんだ。オヤジも話していないと言っていた。話すべきかどうか悩んだらしいがね」

「そうですか……」

「残るは二人。兄貴と九門京子だ。実は、この二人には話を聞いてないんだ。二人は謹慎を口実に俺にも会おうとしないんだ」

「私はお会いできましたよ。昨夜……」

「それが俺に言わせれば、ちょっと変なんだ。……まあいい。話を聞いてくれ。『開祖伝説』を知っているのは、今のところ五人の内弟子とオヤジ、俺、そして兄貴と九門京子だ。そのうち、五人の内弟子とオヤジは警察には話していない。もちろん、この俺も話してはいない。じゃあ誰が警察に話したか、ということになる」

「どういうことなんですか」

「兄貴が自分で話すと思うかい？　兄貴はあくまで石原健悟の死は事故だと言い張っているんだ」

「残るは宗京先生だけということになるわ」

秋次郎はうなずいた。

「そんな……。どうして宗京先生がわざわざ警察になんか……。宗順先生に疑いがかかってくるのはわかりきったことなのに……」

「もうひとつ考えたことがある」

「何ですか」

「包丁だよ」

「包丁？」

「あの日、石原健悟の胸に刺さっていた包丁だ。おっと、思い出したくない気持ちはわかるが、気を確かに持って聞いてくれ。あの包丁は、使い古されたものだった。少なくともあの犯行のために新たに購入されたものじゃなかったんだ。だから警察も、その出どころにこだわった」

「新聞に出ていたのを覚えてますわ」

「いいかい。これはあくまで仮定だよ。そのつもりで聞いてくれ」

「はい」

「もし、あの包丁は石原健悟が持ち込んだものではなかったとしたらどうなるだろう」

「どうしてそんなことをお考えになったのですか？」

「あくまで仮定だと言っているだろう。だが、根拠がないわけでもない。あの包丁はよく使い込まれた出刃包丁だった。よく料理をする人間でなければあんな包丁は使わない。石原健悟は男のひとり暮らしだ。だいたいが外食という生活なんじゃないのかね。それに、自炊するにしても、男の一人所帯じゃあんな包丁はまず使わないだろう。牛刀みたいな形をしたステンレスの文化包丁が一番手ごろだったはずだ。もっとも、石原健悟の趣味が料理だというなら話は違ってくるがね。それともうひとつ。うちの茶会では受け付けに、必ずひとりベテランの茶人を置くことにしている。顔が広くてそつのない応対ができるということもあるが、相山流の場合は、目利きであるという点も重要なんだ。ふところに、包丁などのんでいたら、そのベテラン茶人の受け付けが見逃がさなかったと思うんだ」

「そうだったんですか——」

「話をもどそう。もし、あの包丁は石原健悟が持ち込んだものではなかったとしたら……」

「あのお席には、私と宗順先生と宗京先生しか入っていません」

「まず、君は論外だ。そして、あの包丁はうちのものではない。となると……」

「宗京先生の……。まさか……」

「僕も九門京子さんはいいお弟子さんだと思っている。だが、いろいろ考えると、疑わしい点が多いんだ。茶会の前に石原健悟と言い争いをしているのを見たのは、ほかでもない君なんだ」

「そんな……」

「まあ、すべては仮定の上での話でね。証拠は何ひとつない」

「当然です。死体を発見して悲鳴を上げたのは宗京先生なんですよ」

ふと雄弁だった秋次郎がおし黙った。

気まずかった。

私はコップの水を一口飲んだ。

秋次郎が、下を向いたまま言いづらそうに口を開いた。

「君が兄貴のことを想っているということを知ったんで、これは言うべきではないと思っていたんだが……。事実を見つめる上で、やはり君も知っておいたほうがいいかもしれない」

「何ですか？」

「兄貴と九門京子のことだ」

「え……」

「ふたりはできていたんだ」

何を言われたか一瞬わからず、私はぼんやりと秋次郎の顔を眺めていた。

「あのふたりは男と女の間柄だったんだ。俺はずいぶんと前からそれを知っていた。オヤジも気づいていたはずだ」

「まさか……」

私はようやくつぶやいた。何とか頭を働かそうと必死だった。

「だって、宗順先生は、菱倉グループのお嬢さんと婚約をなさっていたじゃありませんか」

「そこが兄貴らしいところさ。恋愛は個人的なものだが、結婚は社会的なものだとはっきり区別していたんだ。兄貴は相山流の発展のために、あらゆる努力を惜しまない。これは俺も立派だと思う。しかし、明らかにやりすぎだと思える点も少なくなかった。今回の縁組みのようにね」

「宗順先生は、結婚を利用なさったのですか」

「君の眼から見ればそう見えるかもしれない。だが、兄貴にとっては結婚というのは恋愛の結果ではないんだ。あくまでも家と家の縁組みなんだよ。兄貴はそう割り切っていたんだ」

「じゃあ、宗京先生の立場は……」

秋次郎は冷めたコーヒーを一口飲んだ。苦々しげに顔をしかめる。

「このまま別れるか……。あるいは、愛人という形を取るか、いずれにしろ、正式な結婚はできない関係だったんだ」

「そんな……。いくら何でもそれじゃ宗京先生が……」

私は九門京子の整った横顔を思い出した。決して乱れることのない言動、古風ともいえる上品な立ち居振る舞い、そして、時折のぞく淋しげな微笑。

あれは報われることのない想いを自分の胸だけにしまい、じっと耐えている女が醸し出す雰囲気だったのだろうか。

「問題はそこだよ」

秋次郎が言う。「九門京子が兄貴に抱いていた感情は、淡い憧れなどではなかった。長く続いた男と女の関係なのだからな。言っている意味はわかるね」

「はい……」

私は傷つき、打ちのめされた気分だった。

「もし、九門京子が、兄貴に怨みを抱いたとしたら……」

秋次郎がおそろしいことを言おうとしているのだということが、このときはっきりとわかった。

「警察は、宗順先生を疑っているんでしたね」

「おそらくはね。だが、今は起訴に持ち込めるだけの証拠が何ひとつない。おそらくは、『開祖伝説』だけが、警察の持ち駒というところだろうか」

「その『開祖伝説』を警察に教えたのは、宗京先生だと、おっしゃるのですね」

「その可能性が大きいと言っているだけだ」

「証拠は何ひとつないわ」

「そう。証拠はない。だから最初から俺の仮説に過ぎないと言っている」

「そうだわ。考え過ぎってこともあるでしょう」

「確かに考え過ぎかもしれない。でも、一刻も早く本当のことをつきとめたいんだ」

「お気持ちはわかります」

「警察は、おそらく兄貴を逮捕する準備を始めているはずなんだ」

「え……」

「警察が正式にオヤジに申し入れてきたんだよ。地方検事立ち会いのもとに、開祖の秘伝を披露してくれないか、とね」

一夜明けて水曜日。

うとうとしかけては夢を見て目を覚ます。そんなことを何度か繰り返しているうちに、朝がきてしまった。

どうしても勤めに出る気になれず、病欠を決め込んでしまった。

十時近くまでベッドのなかにいて、いろいろと考えた。

私は今まで、ただ流されていたに過ぎない。

警察の言葉に惑わされ、秋次郎の言葉に心を揺すられ、私の眼のまえに現れる事実のひとつひとつに押し流されていただけだったのだ。

相山流のことを思い、さらにはっきり言えば、宗順のことを思うがために警察に隠し事をして、自分をこの深い濁流のなかに放り込んでしまったのだ。

私のこれまでの行動は、何の解決ももたらさないものだということがようやくわかり始めた。

事実を衆目のもとにさらして、初めて本当の解決が得られる。そんな簡単なことまで見失っていたのだ。

もしかしたら、宗順へのこだわりが私の眼を曇らせていたのかもしれない。昨日の秋次郎の一言が、宗順へのこだわりを吹き飛ばしてくれたのかもしれない。

宗順が罪を犯しているのかいないのかは、まだわからないのだ。

それなのに、私は宗順をかばおうとしていた。かばうことで、宗順と同等かそれ以上の立場になり、自己満足を味わおうとしていたに違いない。

　愚かな思いだった。

　宗順が罪を犯していないなら、それをはっきりさせるに越したことはない。もし、罪を犯しているのだとしたら、それをつぐなうしか解決の方法はないのだ。

　いずれにしても、隠し事は、事態をひとつもよくしはしない。

　私は、勢いよくベッドから起き上がった。

　私は決心していた。

　もう決して流されまいと。いたずらに思い悩むのはやめて、真実をこの眼で見とどけるまで、積極的に動き回ってやろうと。

　九門京子と宗順との関係を知って、ふたりに怨みがましい気持ちを持っているのではないか？　その気持ちが、宗順の罪をあばくことになるかもしれない行動に私自身を駆り立てているのではないか？

　自分に対してそう問いかけてみた。

　私はきっぱりと否定することができた。

　これ以上愚かな行為を積み重ねたくはない。それが正直な気持ちだった。

「紅美子、どうしたの？　気分が悪かったんじゃないの」

「もう平気」

母の声を聞きながら玄関を出た。

私は、足早に県警鎌倉署へ向かっていた。鎌倉署は、若宮大路の、遊歩道である段葛が始まる二ノ鳥居の手前に建っている。

正面玄関に入り、制服警官に案内を乞うと、しばらく待たされた。

「やあ」

野太い陽気な声がして、私は振り返った。

安積刑事は人なつこい笑顔を私に向けた。初めて会ったときの鋭い刃物のような印象はまったくなかった。

「あなたのほうから訪ねてこられるとは思いませんでした。どうしました?」

「捜査のほうがどう進んでいるか、私、とても気になって……」

「そうですか。無理もありません。あなたは事件が起こったとき、現場のすぐそばにいたわけですからな」

「ただの事故じゃない――そうお考えなのですね」

安積刑事は、大きく溜め息をついて、私をまじまじと見つめた。刑事独特のきびしい視線だったが、私は少しもおそろしいとは思わなかった。私はむしろ、たのもしさを感じていた。

「どこかで話しましょうか」

「そのつもりでまいりました」

安積は、うなずいてわずかの間考え込む様子を見せた。どこで話を聞くべきか思案しているのだろう。

「ちょっと出ましょう」

安積刑事は先に立って正面玄関を出た。私は黙ってあとに続いた。

安積は若宮大路を渡り、ビルの二階にある喫茶店に入った。

取調室にでも押し込められるものと思っていた私は、少しばかり拍子抜けした気分だった。

安積は深々と椅子に腰をかけると、大声でコーヒーを注文した。

「正直に言います」

安積は私を睨(にら)んで言った。

「確かに今回の事故については、腑(ふ)に落ちない点が多いと思っています」

「宗順先生が殺人を犯したのだとお思いですか」

「いやいや」

安積はおおげさとも思えるほど派手に両手を振った。

「私は何もそこまで言ってるわけじゃない。ただね、おかしな点が少しばかりあるということですよ。例えば、石原健悟が武田宗順氏を狙った理由だ。これがわからないんだ。武田宗順氏は、まったく身に覚えがないの一点張りでね」

「刑事さんは、私を疑ってらっしゃいますね」

安積は、しばらく無言で私を見つめていた。やさしさと淋しさが混じった複雑な眼だった。やがて彼は言った。

「何かを隠しておられる。そう思ってますよ。実は私がこだわってるのはそこでね……。武田宗順氏、九門京子さん、そしてあんた……。みんな何かを隠してるんだ。刑事の眼というのは、ごまかしはきかんもんですよ。私は、この道でもう二十年近くメシを食っている。そりゃ迷いもします。だが、たいていは相手が嘘を言っているか、隠し事をしていればわかっちまうんですよ」

「確かに私は隠し事をしていました」

「話してもらえるかね」

私はうなずいた。

「殺された石原健悟のことなんです」

「石原健悟の……？」

「茶会の当日、石原健悟がお席に入るまえ、宗順先生と言い争いをしていたんです。私はその姿を見てしまいました」

安積は黙ってうなずいた。

「それだけじゃないんです。茶会のまえの週の水曜日のことです。私は、宗京先生と石原健悟が口論している声も聞いていたんです」

「石原健悟と九門京子さんが……。それはどこでだね」

「相山流の道場です。水曜日は、宗京先生が私たちにお茶を教えてくださる日なんです。その日、私は少し早目に稽古場に着きました。そうしたら、ふたりが言い争う声が聞こえて……」

「何を言い争っていたかは聞こえたかね」

「いいえ。内容はわかりませんでした」

「何か印象的な単語だけでもいいんだがね」

「すいません。まったく内容については聞きとれなかったものですから……」

「宗順氏のときも九門京子さんのときもかね？」

「はい……」

「ふうん……」

「本当です。私はもうこれ以上隠し事はするまいと決めたんです」

「いや……、失礼。あんたを疑ってたわけじゃないんだ。考え事をするときに人の顔を見るのが癖でね。よく指摘されるんだが……」

「やはり、宗順先生があやしいとお思いですか」

「君の今の発言で、宗順氏の立場がやや危うくなったのは確かだね。しかし、まだ、物的証拠が宗順氏の主張を裏づけているんでね。何とも言えないところだ」

安積刑事はしゃべりながらも、しきりに思案している。

「でも、刑事さんは宗順先生を疑ってらっしゃる……。『開祖伝説』のことがありますから」

「あんた、『開祖伝説』のことは知らんと言ってたじゃないか」

「刑事さんに言われてからいろいろ調べてみたんです。本当に相山流でも相当に位の高い弟子にしか伝えない話らしいんですが……」

「ということは、相山流家元に伝わる〝秘伝〟のことも、あんた、知ってるんだね」

「知っています」

「警察泣かせなんだよ、ああいう話は。門外不出の秘伝とか、一子相伝の秘術とか、世に発表できない秘密ってのはね、なかなか警察にゃ話してもらえない。マスコミに洩れることを極度におそれるんだね」

「刑事さんはどこでお知りになったのですか」

「そいつは言えない。職務上絶対に守らなければならない秘密だ」

「宗京先生ですか」

「しゃべるわけにはいかんと言ってるだろう」

安積の顔色はまったく変わらなかった。図星を突いたのかどうか、私には判断することはできなかった。

「あの男もサムライだね」

ぽつりと安積は言った。

「え……？」

「武田宗順氏さ。世間じゃいろいろ言ってるが、ありゃ、なかなかのサムライだ。俺は、サムライってのが好きでね。腰のすわった男ってのはいいねえ」

「はい」

事件が起きて以来、初めて宗順に対する好意的な声を聞いた気がした。私はかすかなうれしさを感じた。

「小高さん」

安積は真顔になって身を乗り出した。

「あんた、正直に話してくれて本当によかった。あんたのほうから来てくれないと、署に呼びつけることになったかもしれない。お互い、不愉快な思いをせずに済んだんだ」

「はい」

「お宅を訪ねたときに、俺は言ったね。『あんたが協力してくれると助かる』って。ありゃ、本心だ。そして今でも変わらない。今後も協力してくれるね」

「そのつもりですわ」

安積は、さきほど見せたのと同じ、人なつこい笑顔を浮かべた。

4

一度家へもどったが、どうにも落ち着かなかった。

心はずいぶんと軽くなっていた。だが、気になることがひとつあった。武田秋次郎のことだ。

彼は、当分のあいだ警察にかき回されたくないと言っていたのだ。彼の気持ちを思うと、私が警察にすべてを話してしまったのは正しかったのだろうかという迷いがまた生じてくる。

いずれは話さねばならないにしろ、もう少し時期を見てもよかったのではないかという気もしてきた。

積極的にことを解明しようと決心をしたばかりだというのに、もうこんなに心が揺れている。私はかぶりを振って溜め息をついた。

きょうは水曜日。茶道の稽古日だ。

稽古は午後七時からだが、私は五時にはもう家を出ていた。部屋でじっとしているのはつらかったし、稽古のまえに武田秋次郎と話ができるかもしれないと思っていた。

バスで二階堂へ向かう。

苔の生えた石段や、つたの葉がおおいかぶさった塀に、夕日が差している。

細い坂道をずいぶんとゆっくり歩いたつもりだったが、結局、時間つぶしにもならず、五時三十分には相山流道場に着いてしまった。

当然、生徒は誰も来ておらず、ひっそりとしている。

路地の前まで来ると、戸がわずかに開いているのに気づいた。

私は、秋次郎から聞いた話を思い出した。昔の茶人が、いつでも客を招ける状態にあることをこうして知らせたのだと彼は言っていた。

誰が席の用意をしているのだろうと好奇心がわいた。

私は、そっと路地の戸を開いて足を踏み入れなかをうかがった。

丈の短い茶羽織に仙台平の袴を身につけた家元が、縁台に腰かけ、夕暮れの迫る庭を眺めていた。

ゆったりとしていながら、ぴしりと一本筋が通ったような着物の着こなしに私は驚いた。着る人と着物が調和し、さらに庭のたたずまいに同化してしまうほど、家元の姿はその場に似合っていた。

家元はふと私に気づいて、立ち上がった。

私はあわてて頭を下げた。

「これは申しわけない。お客さまがいらしたのに気づかぬとは……。さ、どうぞお上がりください」

「あ……いえ……。私は、お稽古に来た者で……。こちらで、お茶を習ってるんです」

「ほう……」

家元は、薄墨のような闇をすかしてこちらを見やった。

「小高さん……でしたかな。例の事件のときの……」

「はい」

「いずれにしろ、あなたは、路地の戸が開いているのを見てこちらへいらしたのでしょう。ならば、私は客として迎えなければならない」

「とんでもない。お家元の客だなんて……」

「小高さん。今どき、路地の戸を少しばかり開けて客が来るのをじっと待っている茶人などおらんでしょう。でもね、私はそういう気持ちを忘れたくない。来るか来ぬかわからぬ客のために道具をそろえ、炭を起こし、湯をわかす。そうして、誰が来てくれるかな、と楽しみに待つのです。そう……楽しみにね。ああ、きょうは、どんな人からどんな話が聞けるのかな。どんな話を聞いてもらおうかな――。わかりますか」

「はい……」

「だから、時折、こうした先人のまねごとをしてみるのですよ。若いご婦人の客なら、私も大歓迎だ」

「でも……」

「私も茶人の端くれです。お客に逃げられたとあっては、一生の恥。私は政治家や高名な文化人が大勢やってくる派手な茶会よりも、こういう気持ちを大切にしたい。茶人に恥をかかせんでください」

「はい……」

家元は、本当に浮きうきとした笑顔を見せていた。客が来たのがうれしいという気持ちは方便などではなく、掛け値なしの本心のようだった。

「では、そちらへお上がりください」

家元は縁側を指し示した。

私は縁側へ上がった。ふと見ると家元が私の靴をそろえている。私は、どうしていいかわからぬほど恐縮してしまった。

家元は、ごく自然な立ち居振るまいで縁側へ上がってくると、私を四畳半に案内した。

私は、席入りの作法を行おうとして、正面の床（とこ）に歩み寄った。

客は、床に面と向かってすわり、まず掛け軸と花、香合（こうごう）を拝見し、続いて、風炉のまえに座を移して、火の加減を拝見する。その後に、自分の席におさまるのが作法とされている。

家元が勝手口から顔を出して言った。

「そうやって、床を見てくれるのはうれしい。せっかく私が選んで軸をかけ、花を活けたのですから。でも、私が思うに、その作法は大広間でのことだと思うのです。広い茶席だと遠くの人は床がよく見えなかったり、火の具合がわからなかったりする。だから順繰りに拝見して回るような作法ができたのだと思います。だが、このような狭い部屋では必要のないことじゃないですか」

「そうですね。私もそう思います」

家元はにこやかにうなずいて、運びで点前を始めた。

「固くなるなと申しても、無理でしょうが、なるべくリラックスしてください。私もそのほうが助かります」

「でも、お家元のお点前をじかに拝見できるなんて滅多にあることじゃありませんから、ついついじっと見つめてしまいますわ」

「何年も茶ばかりの生活を送ってまいったのです。それなりに道具の扱いは慣れてきますが、所詮は私だって足が二本に手が二本、指はそれぞれ五本ずつですよ。特別な芸当ができるわけじゃない。茶の点前は手品じゃないんですからな。ただ、無駄な動きをしなくなるだけです。道具が一番役に立つように動かす。それ以外の動作は一切しない。それだけのことです」

「はい……」

「今は、お点前に一生懸命になられるのもいい。それは大切なことです。しかし、大切なことはほかにいくらでもある。一流の茶人は、茶の精気を殺さぬように、湯の練り具合を熱心に研究しなければならない。平たく言えば、うまい茶を入れなければ、何にもならんのだ。いや、これがなかなか難しい」

さすがに家元の点前は見事なものだった。口を動かしながらも、指の先まで神経がゆきとどいているのがよくわかる。

無駄な動作を一切しないと言うだけあって、点前がとても合理的なものに見えた。私たちが普段形式ばって行っている動作が、家元の手によると、すごく自然なものに見える。

動きはきびきびしているが、決して道具をぞんざいに扱っているわけではない。道具の触れ合う音がほとんどしないのだ。

茶器や茶筅(ちゃせん)そのものが意志を持って動いているように見える。

全体を眺めれば、能でも見るようにリズムがあり型がととのっている。

私はいつしか、点前に見惚れて、静かな瞑想の境地に引き込まれていった。

どこか遠くのほうから家元の声が聞こえてくるようだった。それでいてその言葉は心に響いてくる。

「もうじき風炉の季節も終わり、炉の季節になりますな」

「はい……」

「私は炉が好きです。もともと茶には風炉しかなかったのです。武野紹鷗と千利休が、いなか家の炉端を見て、そのひなびた様子が何とも言えずいいと思ったのですな。そこで、ふたりは、この風情を茶に持ち込もうとした。それで炉点前が始まったのですよ。座敷に炉を掘るのだから、最初はずいぶん思い切ったことだと言われたでしょうな」

家元は、茶碗に湯を一杯くむ。湯はまるで生きもののように乱れもせず柄杓(ひしゃく)から茶碗へ流れ落ちた。

茶筅を取り、それを茶碗の湯に通しながら穂先をあらためる。いわゆる茶筅通しと呼ばれる作業だ。茶筅を茶碗のなかで返すときに、両者が触れ合う音が、三度茶室内に響く。

本来は雑音のはずだが、このときは澄んだ鐘の音を聞く思いがした。

茶筅で湯を回し、充分に茶碗をあたためると、素早く湯を建水に捨て茶巾でふく。にわかに家元の手が早くなった気がした。茶碗の冷めぬうちに茶を点てようという心づかいなのだろう。

棗から抹茶がすくわれ、茶碗に盛られる。その上に、注意深く湯を注ぐ。切り柄杓という手で柄杓を即座に釜にあずけると、茶筅を取り、茶碗のなかで躍らせた。

「茶を生かすも殺すも、この湯を注ぐ一瞬にありましてな……。さ、どうぞ」

私は、躙って茶碗を取り込むと、茶をいただいた。

一口含んで、また驚いてしまった。口当たりはあくまでまろやかで、茶の芳香はあふれんばかりだった。茶の温度は熱くなくぬるくなく、量も、あとほんの一口だけ味わいたいと思いたくなるほどの絶妙さだった。

茶に酔うということもあるのだと私は思った。

言葉のやりとりは必要なかった。

私はとてもこの服加減の見事さは表現できない。また、家元は私が満足したことを自然に悟ったようだった。

「失礼して、私も一服いただこう」

家元は、座をずらして半身になった。

「親しい者同士は、こうして互いに茶を飲み合って楽しんだものです。こういう点前があるのも覚えておくといい」

「はい」

「あ、いやこれは……。どうもさきほどから説教じみた話ばかりで……。若い人をまえにすると、どうもいけない。年を取ったのでしょうか……。いや、美しいご婦人のまえなので、気取っておるのかもしれませんな」

「いえ。得がたい経験だと、さきほどから感動しております」

「そう言ってもらえると、この年寄りも茶の道に励んだかいがあったというもの……。ときに、あなたは見るところ、迷い苦しんでおられるようだが……」

道具を扱いながら、家元はさりげなく言った。

「いえ、そんなことはありません」

「超能力だ、テレパシーだと世のなかでは騒いでおりますがな」

「は……？」

「私らに言わせれば、客の心を読むというのは、ごくあたりまえのことなのですよ。茶三昧に明け暮れると、自分も自然の流れのなかの一つに過ぎないということが本当にわかってくる。そうなると、いろいろなものが見えてくるのです。客の気持ちもよく見えてくる。それが本来の茶の心です。お隠しになることはない。やはり、例の事件のことでお悩みですかな」

「すいません。隠し立てするつもりじゃなかったのですが……」

家元は、手先に眼をやったまま、やさしくうなずいた。

「私は、亡くなられた石原健悟さんのご両親にお会いしてきました」

「は……？」

「ご両親は、信州でおふたりだけで暮らされていた。健悟さんは末っ子だそうです。さぞかしかわいがっておられたのでしょう。私を見るなり、周囲の人目も気にせず、おふたりは泣きながら私をなじりました。息子を返せ！　息子を返せ！　と」

私は、はっとする思いだった。

人ひとりが死ぬというのは、そういうことだったのだ。

これまでは、まるでゲームか何かのように謎解きに取り組もうとしていた。

人間の死には、多くの人の悲しみがつきまとうことを思いやりはしなかったのだ。

「私がそのとき、どう感じたかおわかりですか？」

「さぞ、お辛かったことでしょう」

私が家元の立場だったら、とても両親に会いになど行けないだろう。何か口実を作って逃げ回ったに違いない。

「辛かった。確かにたいへん辛い思いをしました。しかし、一方で、私は妙なすがすがしさを感じていました。不謹慎かもしれませんが、本当のことなのですよ。そのご両親の態度は本物だった。裸の人間のお姿だったのです。おかげで、私も、ただ一個の人間としてお悔やみを申し上げることができました。恥ずかしながら、ご両親の家までの道中、私は、相山流の家元の体面をどう保とうか、とか、どうやったら、当たりさわりなく挨拶ができるかどうかなどと考え、それこそ地に足がつかぬありさまだったのです」

私は、あいづちも打てず、じっと家元を見つめていた。

家元は自分で点てた茶を干すと、茶碗をいとおしげに両手で包み、その手を膝に置いた。昔話を語るような眼で、話を続ける。

「しかし、そんな私のこずるい気持ちを、ご両親は打ち破ってくれました。その夜、私はご両親と飲み明かしました。酔ったお父上は、最初、私に酒を浴びせたり杯を投げつけたりして罵倒しました。しかし、疲れ果てたのか、そのうち、しんみりと話を始めたのです。健悟さんの幼いころの思い出や、学生時代の自慢話をね。私は泣きましたよ。同じ子を持つ親として、いや同じ人間としてね、心から涙を流しました。私は、ご両親に許してもらおうなどと思ってはおりませんでした。とことん話を聞いて、同じ人間として悲しもう、そう思っただけです。不思議なもので、そんな気持ちは自然と伝わるのですね。翌朝、おふたりは出発しようとする私に頭を下げてくれたのです。もし、ご両親が、必死に感情を抑え、お互いに形式だけの挨拶を交しただけだったとしたら、怨みはいっそうつのっていたでしょうね」

私は、相山流の稽古生になって本当によかったと思った。

他流派の家元も、直接会話を交せば、案外気さくで、いろいろな話を聞かせてくれるのかもしれない。だが、入門してたった三年の弟子と膝をまじえて話すことなど、皆無だろう。

武田宗毅（そうき）でなければできないことだと思った。大きな門派になればなるほど、家元の自由は利かなくなる。

弟子、孫弟子、そのまた弟子といった無数のピラミッドが構築されていき、家元は、その頂点に立っていなければならないのだ。

武田宗毅は、人と自然を心の底から愛し、世俗の束縛を嫌う茶人だった。

家元は、茶碗をそっと風炉のまえへ置くと、正面に向きなおった。

柄杓を取ると、水差しから水をすくい茶碗に注ぐ。片づけに入ったのだ。

「若い人には退屈な話だったかもしれませんな」

家元は言った。

「かんべんしてください。この私も、今回の事件ではいささかまいっておりましてな……。いや、家元がこのようなことを申すと、たよりないと思われるかもしれんが、実の息子にかかわることですからな。私も悩み、迷います。一方では、相山流という一派のことも考えなければならない。私は相山流の親でもあります。お弟子さんたちは、残らず私の子供であると考えているのですよ。だから、よけいに悩みは深い……」

家元は、茶碗にくんだ水で茶筅の穂先を洗い、素早く水を建水に捨てると、茶巾で茶碗を拭き始めた。

もうじき点前は終わる。

私は、この時間がもっと長く続いて欲しいと思った。

派手な着物と高価な道具の競い合い。稽古の進んだ者が、無言で初心者に見せる優越の表情。にこやかで丁寧な挨拶の陰にある師範同士の勢力争い。

そんなものとは、まったく違った茶の世界があることを、初めて実感した気がした。

「だが――」

家元は言葉を続けた。

「悩みは悩みとして見つめなければならない。悩みと戦うなどと人は簡単に言いますが、それはなかなかできるものではない。私ども凡人にできるのは、せめて眼をそらさず悩みを見つめることです」

家元は、自分の手もとだけを見つめている。いつもの口調
決して押しつけがましくなく、まるで独り言でも言っているような、いつもの口調だった。

「あなたも、お悩みなら、それを見つめることです。悩みから眼をそらすと、悩みは不可解な化け物となって、背後からあなたをおびやかすようになります。眼をそらさずにいれば、いずれそれは人と人との関係のもつれに過ぎないということが見えてきます」

家元は、私のほうを見てほほえんだ。

「私はそう思いますよ」

この場を逃がしたくはなかった。

ようやく、心のわだかまりを話すべき人が見つかった——私はそう思い始めていた。

家元はすでに、たたんだ茶巾と茶筅を茶碗に収め、茶杓をそのへりに乗せている。

茶碗と棗を風炉のまえに置き合わせると、あとは、釜に水を差し、水差しと釜に蓋をして、建水から順に水屋に下げるだけとなってしまう。

家元は柄杓を取って、水差しから水をすくって釜に足した。

柄杓を正面に構え、釜の蓋を閉じる。

私は生つばを呑んだ。うまく声が出るかどうか不安だった。でも、何か言わなければならない。

気は急いている。何を、どう言い出せばいいのだろう——私はいら立った。

家元の手が水差しの蓋にかかった。黒塗りの蓋だ。水差しの蓋を閉じてしまえば、点前は終わりとなる。

家元は静かに水差しに蓋を置いた。

「あの……」

私は、指先を畳につける『草（そう）』の礼をした。

「お棗と、お茶杓の拝見をさせていただけますか」

この申し出は、作法にかなったタイミングだ。

家元は礼を返した。

しかし、棗と茶杓に触れようとせずに、座をずらして、こちらを向いた。

「お道具を見ていただくのもいいでしょう。だが、今のあなたがお道具を見ても、きっと眼に入りますまい」

「え……」

「ここにある道具は、とりたてて珍しいものではありません。見ようと思えば、いつだって見られます。今のあなたには、それよりも大切なことがあるはずだ」

家元の眼はあくまでも優しかった。

「はい……」

私はうつむいていた。

「私でよかったらうかがいましょう。話してごらんなさい」

この人はどこまで深い人なんだろうと思った。

私は気がついた。

茶室のほの暗さは、何かを真剣に話そうとするときに、とても快いものだということに。

私は顔を上げた。

「秋次郎さんからうかがいました。警察が、お家元を継ぐ人だけに伝わっている秘伝を披露なさるよう申し入れてきていると……」

家元は遠くを見るようにわずかに頭をそらせた。

「秋さんも困ったやつだ。何もそこまであなたにお話しすることはないものを」

「相山流の開祖伝説や秘伝については、私などのような者は、知ってはならないということは承知しています」

「そういう意味で言ったのではないのです。まだ、私自身どうしていいか決めかねている問題でしてな。よけいな心配をお弟子さんたちにかけたくないのですよ」

家元は溜め息をついた。

「そうおっしゃるからには、あなたは、初代宗山の伝説と秘伝の話をご存じなわけですな」

「はい……」

家元はうなずいた。

「どう聞いておられるか、念のため話してみてくださらんか」

私は、秋次郎から聞いた話を、できるだけ簡潔に、しかも要点を逃がさぬよう注意して語った。

じっと耳を傾けていた家元は、話を聞き終わると私に尋ねた。

「その話は、秋次郎からお聞きになったのですか」

「はい……。でも、私が強く求めたのです。秋次郎さんをお責めにならないでください」

「秋次郎を責める気はない。心配せんでください。私が気になったのは、あなたが、初代宗山に刺客を放った人物の名をおっしゃらなかったことなんです」

「え……？」

「あなたは、いま、『ある身分の高い人物が、柿坂留昏という茶人を、宗山のもとへ刺客として送り込んだ』と言われた……」

「ええ……。秋次郎さんは確かに『ある身分の高い人物』としかおっしゃいませんでした」

家元はかすかな笑いを浮かべた。

「秋次郎のやつは気を遣ったつもりなんですな。開祖伝説の最も重要なところを、あなたにお話ししなかった……」

「最も重要なところ？」

「これは失礼……。私もいらぬことを言ってしまった……。開祖伝説が門外不出とされているのは、実はその『ある身分の高い人物』のせいでしてな……。初代宗山が、利休居士のもとを去り、この鎌倉の地へ来なければならなくなったのも、その人物の力をおそれてのことだったのです。だから、開祖伝説の秘密などというのは、いわば過去の——そう……わが門派が創立された時代の遺物でしかありません。いつしか、長い歴史のなかで、何やらもったいぶった禁忌として、祭り上げられてしまったのです。歴代家元は、そのタブーを打ち破る勇気がなかったのですな……。しかし……」

「しかし……？」

「私はその勇気を、今、要求されているのかもしれません。茶の道は、人と人の関係を見つめる道です。人と人のありようは、どんなに時が経とうと変わらぬ一面があります。しかし、時代とともに変わっていく部分があることも確かです。茶の道を歩む者も、その事実は認めねばなりません。そうは思いませんか」

「はい……。そのとおりだと思います」

「もし、過去の遺物が——開祖伝説の秘密や秘伝をかたくなに守り続けることが、今の世のなかにそぐわないのだとしたら、私はそれを改めねばならないでしょう」

家元は相山流の歴史のうえで、重大な決断を迫られているのだ。

全国の相山流の弟子と、歴代家元に対する責任を、細い両肩で受け止めているのだった。

考えねばならない問題の数や、迷いの大きさはどれほどのものだろう。あまりに大き過ぎて私には想像もつかない。

「そろそろ、お稽古の時間ですかな」

「はい」

私は、『ある身分の高い人物』とは、いったい何者なのか尋ねたかった。しかし、さすがにそれはできなかった。

その秘密は今はまだ、相山流の高位の弟子と家元継承者しか知ることはできない。相山流とともに人生を送ることを約束した代償に与えられる身分証のようなものなのかもしれない。

「申しわけありません。ついしゃべり過ぎて、あなたのお話をまだうかがっていなかった。相山流の秘伝に関係したことなのでしょうか」

「お願いがあります」

私は思いきって言った。

「何でしょう」

私は両手をついて頭を下げていた。

「非常識なお願いであることは充分に承知しています。相山流の茶の世界では許されないことでしょう。でも、私は、何があろうと、この眼で事実を確かめようと固く心に誓ったのです」

「言ってごらんなさい」

「もし、刑事や検事たちに秘伝を公開するのなら、私も同席させていただきたいのです」

私は手をついたままだった。

家元は何も言わない。

言ってはいけないことだったのかもしれない。叱りつけられて当然の申し出だった。

しかし、私は言わずにはいられなかった。

長い沈黙だった。

「あなたは、今、『非常識なお願い』と言われた。確かに、身分やら格やらにこだわる連中に言わせれば非常識なことなのかもしれない。しかし、あなたは、事件に巻き込まれ、その真相を自分の眼で確かめたいのでしょう。それは、まったくあたりまえの話だと私は思います。一般の世の常識が、茶の世界で非常識とされる——これこそ、私が憂慮しなければならない問題なのです」

家元は話しながらもなお考え続けていた。口調でそれがわかる。

「いいでしょう。あなたにも同席していただきましょう」

家元は決断した。

私は勢いよく顔を上げた。

「ありがとうございます」

「血縁関係のない第三者の証言も必要となります。誰を証人にしようかと考えていたところでもあります。あなたに、その役をお願いすることにしましょう」

私は、あらためて頭を下げた。

5

稽古を終え、私と同年代の女性ふたりと連れだって相山流の門を出た。

私を呼ぶ声がした。男の声だった。

塀の脇に白いベンツが停まっており、運転席の窓から、武田秋次郎が顔を出していた。

彼は私に手を振った。

私は、ふたりの稽古仲間に言った。

「ごめんなさい。私、ここで失礼するわ」

私は、あとを振り向かずにベンツに駆け寄った。

ふたりの娘たちは、にやにやと笑いながら、耳打ちをし合っているに違いない。

「よう。稽古が終わるのを待ってたんだ」

秋次郎は言った。

「夕食まだだろう。そのへんで何か食べながら話をしようと思ってね」

「私もお話ししなければならないことがあります」

「とりあえず、乗ってくれないか」

秋次郎は体を伸ばし、助手席のドアを開けた。

私は、フロントグリルのまえを通って車の反対側へ回り、助手席に座った。

「何かあったのかい？　機嫌が悪いみたいだけど……」

私はフロントガラスを見つめたまま言った。

「無神経です」

「え……？　俺がかい？」

「そうです」

「何のことだろう」

「ほかの稽古生の方といっしょのときに声をかけるなんて……。あとでどんな噂をされるか……」

「俺が、家元の息子だからかい？　なら心配いらない。彼女たちは俺の顔なんて知らないだろうよ。君だって知らなかったじゃないか」

「だとしても、ああいうのはまずいんです」

「どうまずいんだ？」

「稽古が終わるのを、車に乗った男が待っていた——それだけで女というのはよけいな想像をするものなんです」

「そういうものなのか……」

「そういうものです」

「それは何と言ったらいいか……本当に……その、すまなかった」

秋次郎は、本当にうろたえていた。子供のようだった。

デリカシーのなさに腹を立てはしたものの、その様子を見ると、気の毒になってしまった。

今度はこちらがあわてる番だった。

「あ……いえ、そんなにたいしたことじゃありませんから……」

「まあ、うまい物でも食って機嫌をなおしてくれよ」

秋次郎はイグニッション・キーをひねった。

セルモーターがうなり、一度でエンジンがかかる。

「あの……。時間が時間ですから、あまり遠くへ行くのは困ります」

「わかった」

秋次郎はなめらかに車をスタートさせた。


由比ヶ浜ぞいを走る国道一三四号線は上下線とも混んでいた。

秋次郎が車を停めたのは、国道に面して建っているシーフードレストランだった。

入口が階段の上にあり、店の下はピロティーになっている。

店へ入ると三方がガラス張りとなっていて、夜の海を眺め渡すことができた。

店の自慢だというロブスターを注文すると、私は、家に電話をするため席を立った。

受話器を持ってふとひとりでテーブルに着いている秋次郎を見た。

彼は海を見つめていた。彼は身動きをしなかった。どこか、ひどく淋しげに見えた。さきほどの子供じみた無神経さはどこにも見られない。

どちらが素顔なのだろう。私は考えた。

もしかしたら、両方ともがポーズなのかもしれない。彼はまだ、私に本当の姿を見せていないのではないだろうか。

ふとそんなことまで思ってしまう。

とらえどころのない男は女を不安にさせる。そういう男に魅力を感じると言う女性もいる。が、いずれは離れざるを得なくなる。

不安に耐えられなくなるのだ。

恋のゲームに疲れた女は、かげりのない男のもとに行く。

底が浅いくらいに包み隠しのない男を、女は軽んじて見せる。それは、自分を利口に見せたい女のポーズでしかない。

その証拠に、開けっぴろげの男はたいてい決まった恋人を持っている。素顔を容易に見せたがらない男のもとに、女が長くとどまることはない。

席にもどると私は尋ねた。

「何を考えてらしたんですか」

秋次郎は、はにかんだような笑いを浮かべて、煙草をくわえた。

「別に……」

「ずいぶんと暗い顔をなさってました。やはり、宗順先生のことかしら」

「ぼんやりしてただけさ。暗い顔をしていたつもりはない」

「宗順先生はどうしてらっしゃるのかしら」

「あいかわらずさ。部屋にひきこもったまま、ほとんど外へは出て来ない。宗京さんも、道場のほうには姿を見せないから、たぶん、同じように自宅でじっとしているんだろうな」

「そんなことをしていたら病気になってしまいそう」

「だいじょうぶさ。ふたりとも茶の修業を積んだ人間だ。そう簡単にまいったりはしない。ただし、よほどの悩みをかかえていない限りだけどね」

「どういうことですか」

大きなロブスターの皿がふたつ運ばれてきた。

「このロブスターは、この店が直接カナダから取り寄せているんだ。なかなかおいしいよ」

秋次郎は、ロブスターのハサミをつまんで言った。

「どういう意味なんですか、よほどの悩みをかかえていない限りって……」

「言ったとおりの意味さ」

「例えば、自分の計画が警察にばれはしないかとひやひやしていたり……ですか」

「そういうこともないとは言えない」

「本当にそうお考えなのですか？　宗順先生や宗京先生が計画的に石原健悟を殺したのだと……」

「思いたくはない」

秋次郎は、平然と料理を口に運び続けている。

「私、さきほど、お家元とお話をしました」

「オヤジから聞いたよ。秘伝を披露することになったら、同席させてほしいと言ったそうだね」

「はい……」

「オヤジは君のその言葉で覚悟を決めたらしい。警察に、オヤジが自ら秘伝を実演して見せることにしたと言っていた」

「相山流はどうなるんでしょう」

「さあ……。オヤジの考えひとつだな。第十四代の家元にして初めてタブーを破るわけだ。門内のうるさがたをどう抑えるか……。これまで相山流を守り立ててくれた政財界の大物たちにどう申し開きをするか……。いや、それよりも、このまま相山流を存続させるか、一門をたたんでしまうか——そこまでオヤジは考えなければならない」

胸を締めつけられる思いだった。

さきほどの茶席での、家元の一語一句を思い出していた。あくまでも優しく静かな口調。しかし、心のなかは激流にこぎ出した小舟のように、揺れ動いていたのかもしれない。

「助けてあげられないのですか」

「オヤジをかい？　必要ないよ。君が考えてるよりずっと大きい人だよ、あの人は。オヤジに限っては何も心配することはない。俺も信じてるよ。心配なのは、やっぱり兄貴だ」

「宗順先生が……」

「兄貴は一見理性的で、氷のように常に冷静に見えるけど、あれでけっこう感情的な男でね。それに意外ともろいところがある。茶の修業でずいぶんと補ってはいるんだがね」

「あの宗順先生がですか……。とてもそうは見えませんけど」

「ずいぶん無理しているんだよ。次期家元というのは想像以上に荷が重い。それを顔に出そうとしないだけ、まあ、たいしたものだと言えるがね」

「安積という刑事が言ってました。宗順先生はサムライだ、と」

「サムライね……。やせがまんを強いられて生きてきた兄貴だ。その言い方も当たっているかもしれない」

私は、ふと口をつぐんだ。先生にいたずらの告白をしなければならない小学生のような気分になったのだ。

「秋次郎さんは、しばらく警察には何も言わないで欲しいとおっしゃいましたね」

「ああ、言った」

「でも、やはり私は耐えられませんでした」

秋次郎は食事の手を止め、無言で私を見ていた。

私は目を伏せた。

「きょう、私は警察に行って安積刑事に会って来ました」

秋次郎は手を止めたまま、視線をテーブルの上に落とした。

「私は、安積刑事に知っていることを全部話してしまいました。石原健悟と宗京先生が知り合いだったらしいことも、茶会当日、宗順先生が石原健悟と言い争いをしていたことも……」

「そうか……」

テーブルを見つめたまま、秋次郎はつぶやいた。

「軽率だったでしょうか。もっと時期を見て話すべきだったのでしょうか」

「そうだな……」

「でも、私は決心したんです。ただ周囲の動きにまどわされおろおろしているだけなのはやめにしよう――積極的に事実を知ろうと」

「うん」

秋次郎は眼を上げた。

「事実は事実としてどんどん明らかにしていきたい。本当のことは、そうでなければ見えてはこない――私はそう考えたのです。そして、知りたいことは、知りたいと、相手が誰であろうとはっきりと言おうと思ったんです。お家元に、非常識なお願いをしたのもそのためなんです」

「わかった」

秋次郎はかすかにほほえんだ。

「よけいなことを言って、かえって君を苦しめていたのかもしれない」

私は、そのほほえみを見て心からほっとした。

ふとこの瞬間、私は秋次郎に、家元と同じ雰囲気を感じ取っていた。

秋次郎は言った。

「隠していたって、いずれは知られてしまうことだろう。黙り通していれば、君はいずれ警察へ呼ばれ、今までよりずっときびしい追及を受けていたかもしれない。刑事に知っていること全部を話したのは正しい判断だったかもしれない」

「安積刑事も、同じことを言っていました」

「僕の考えも甘かったんだ。警察に目隠しをしておいて、その間に真実を探ろうなんて——無理な話だったのかもしれない。無理を押し通せば、落とし穴に落ちる」

「宗順先生はどうなるんでしょう」

「話したかったのはそこのところだよ。警察が秘伝の公開を申し入れてきたのは、やはり兄貴の逮捕を前提としてのことだと思う」

「殺人罪ですか？」

「殺人か、あるいは過失致死か……それは警察の判断によるな。だが、人ひとりが死んでいるんだ。警察はメンツにかけても、このままじゃ済まさないだろう」

「すべての物的証拠は、宗順先生の有利さを証明しているんでしょう」

「そう。今のところはね。だが、秘伝の存在が証明されれば、その物的証拠はすべて無力になる。いいかい。これまで兄貴は、一貫して、石原健悟が自分で足をすべらせて転倒して、自分で持っていた包丁で死んだと主張してきた。つまり事故であると。物的証拠は、事故をいちおう裏づけているように見える。だが、相山流家元の秘伝は、開祖宗山の伝説からもわかるとおり、相手を事故に見せかけて殺すための技なんだ」

「でも、本来の目的は、自分の身を守るためのものでしょう」

「そう。だから、敵が刃物を持っていない限りこの技は成立しない」

「じゃあ、正当防衛が成り立つんじゃないですか。相手が刃物を持って襲いかからなければ、秘伝の技を使うこともできない……」

「そこだよ」

秋次郎が身を乗り出した。

「そこがいちばん難しいんだ。正当防衛は刑法の第三六条にこう規定されている。『急迫不正の侵害に対して自己または他人の権利を防衛するためやむを得ずした行為は罰しない』と」

「言葉が難しくてわかりにくいわ」

「つまり、正当防衛が成立するためには、三つの条件が必要なわけだ」

「三つの条件……」

「そう。第一は、急迫不正の侵害があること、つまり、危険が目のまえに迫っていなければならないんだ。そして、相手の行為が明らかに不正でなければならない。第二に、自分、または他人の権利を守るための行為でなければならない。この場合、日常で考えられる最大の権利は、やはり生きる権利だろうな。そして、第三にやむを得ない行為であること——これがポイントなんだ。逃げれば逃げられたのに、あえて相手に傷を負わせてしまったらこれは正当防衛にはならないんだ。そして、実際に、どんな場合が『やむを得ない行為』になるかというのは、実に微妙で常に検察官が頭を悩ます問題なんだ」

「もし、石原健悟が、包丁で襲いかかったとしたら、第一と第二の条件は満たしているわ」

「そう……。だが、明らかに相手を殺傷してしまうとわかっている秘伝の技を使うことは正当防衛に当たるだろうか——警察や検察は正当防衛と判断するだろうか」

「刃物で突然襲われたら、自分の持つ最大の力で応戦するのは当然だと思いますけれど……」

「だが、例えば一撃めをかわしておいて、大声で助けを求めれば……。少なくとも茶室の外には何人かの人間が常にいたはずだ。石原健悟は刃物を捨てて逃げ出したかもしれない」

「そんな余裕があるかしら。開祖伝説と同じで、すべては一瞬の出来事だったんじゃないかしら……。宗順先生は無意識に……」

「無意識に……？　そこでひっかかってくるのが、茶席に入るまえの兄貴と石原健悟の言い争いだ。検察は必ずそこを追及してくる」

「宗順先生に殺意があったと……」

「そこまで断定できるかどうかはまだわからない。ただ、そう思われるのは当然だろうな」

「やっぱり、警察には黙っていたほうがよかったのでしょうか。宗順先生と石原健悟が言い争いをしていたこと……」

「その話はもうしたはずだ。事実はすべて明らかにしていったほうがいい。隠していたっていずれはわかってしまうことだったんだ」

「ええ……。でも……」

「君は正しいことをしたんだ。正しいと信じたことを——。迷うことはない。これから先もそうだ。自分が信じることだったら、何も恐れずにやればいい」

「はい……」

「どういう形であれ、事件は必ず解決する。そして、そのときはじめて、相山流は過去の呪縛から解き放たれて、新しい道を歩み始めることになるかもしれない」

「過去の呪縛……？」

　秋次郎はそれきり事件については何も言おうとしなかった。

　秋次郎は、開祖伝説のすべてをまだ私に話してはいない。初代宗山にまつわる歴史的事実を伝え聞くことは、私にはできないのだろうか。

それは尋ねてはいけないことなのだろうか。

秋次郎は、正しいと信じることならば恐れずにやれと言う。

私もそのつもりでいる。

だが、やはり、茶道の一流派が長年守り通してきたタブーに触れるにはそれ相応の勇気が必要だった。

門外漢なら平気だったかもしれない。しかし、私はその一門で茶を学ぶ弟子のひとりなのだ。

複雑な心境だった。

初代宗山の伝説で、一番大切な秘密というのは何だろう。

それは今回の事件に関係あるのだろうか。

まったく無関係だから、秋次郎はあえて私に話そうとしなかったのだろうか。

私が考え続けていると、秋次郎が伝票を持って立ち上がった。

「明日は会社があるんだろう。あまり遅くならないうちに帰るとしよう」

第三章　秘伝の披露

1

いろいろなことがあった一日だった。

安積刑事と話し、家元と話し、そして秋次郎と話し、くたくたに疲れてはいたが、心のわだかまりがずいぶんと小さくなっていた。

久し振りに、夜はぐっすりと眠ることができた。

木曜日は会社でたまっている伝票の整理やワープロによる清書に追われ、一日が過ぎた。

私の顔を見ても、事件のことを話題にしようとする人はもういなかった。

女子社員たちが集まると、新しい化粧品の話やら、テレビドラマの話、あこがれの男子社員の噂などをかしましくしゃべり合った。

私は、おそろしいくらいの早さで日常性を取りもどしていく職場という小社会を、どこか違和感を持って眺めていた。

この小集団は、何が起ころうとも、穴を砂で埋めてその表面をならしてしまうように、ごく短時間のうちに恒常性を取りもどそうとするのだろう。

例えば、社内で不倫の恋が明るみに出たとする。

女子社員に、何とか希望退職を申し出るようにしむけ、体のいい処分をする。

あるいは、男子社員が地方転勤という形で責任を取る。

どちらにしても、当事者にしてみれば、生活のすべてをかけたと言っても過言ではない大問題のはずだ。

しかし、彼らの噂は一ヵ月と続かないだろう。

すみやかな処分と日常性の回復。

それが、職場という集団の命題のひとつなのだ。

人々は、問題を忘れ去ったわけではない。忘れたように振る舞うのが不文律なのだ。そして、いずれは本当に忘れてしまう。

会社は人と人が心を通わすためにある場ではない。そこは、あくまで営利追求のために、いかに効率よく動き回るかを考えるべき場なのだ。私はそれでいいと思った。

週刊誌やテレビのワイドショーは、細々と事件のことを取り上げていた。

派手に事件に食いついたはいいが、その後捜査に進展が見られず、どの媒体も弾(たま)切れといったありさまだった。

どの週刊誌も、事件発生の週に大騒ぎを演じたため、全面撤退することもできず、いちおうの解決をみるまで、しかたなく取材を続けているという態度が明らかだった。

マスコミは飽きるのが早い。

次から次へと新しい獲物に食らいついていかなければ気が済まないのだ。その貪欲さは、いくら食べても腹を満たすことのできない、地獄絵図の餓鬼を思わせる。まさに、人の世のものとは思えない醜悪な欲望をたぎらせているのだ。

私たちは、マスコミのペースに呑み込まれ、本来、見たくもないものに興味をそそられているような錯覚を起こし、忘れたくない事実を忘れさせられているのかもしれない。

現代人は、自分の好奇心すらわがものにできずにいる。

人間の好奇心には確かに醜い一面もある。しかし、好奇心が人間の最も美しい面に寄与する場合もある。好奇心を高い次元に昇華させる人もいる。それが探求心と呼ばれるのだ。

この事件がなければ、そして、この事件が私の身近で起こらなかったならば、私もそんなことにさえ気づかずに暮らしていただろう。

終業時間は過ぎていた。

私は仕事に区切りをつけると、手早く机の上を片づけにかかった。

ふと隣のデスクにあった経営専門誌が目に止まった。

男子社員が何かの企画書を作成している。その脇に投げ出されてあったのだ。

その雑誌の表紙に、菱倉達雄（ひしくらたつお）の名が見えたのだった。

「その雑誌、ちょっと見てもいいですか？」

私は、書類を睨（にら）みつけていた男子社員に言った。

彼は、意外そうな顔をして、その経営専門誌を手渡してくれた。

「君がこういう雑誌を読むとは思わなかった」

「スキャンダルやファッションの話ばかりの女性週刊誌しか読まないと思ったのかしら？」

私はほほえんで言った。

「いやあ、そういうわけじゃない。そういえば、アメリカじゃ中小のベンチャービジネスで女社長が大活躍してるって話だしな……。女だって経営に興味を持つことはいいことだよ」

彼は、そう言うなり、再び自分の仕事に集中し始めた。

私は、雑誌の目次を開き、菱倉達雄の名を探した。

「巨大経済帝国の出自を探る」と題した連載記事で、菱倉達雄を取り上げていた。広い業種にわたる企業グループの中核企業に焦点をしぼり、その家柄や発展の歴史を、データとインタビューを織り混ぜてつづった記事だった。

毎回一企業ずつを扱っているようだった。

記事の大半は、明治から戦前にかけての急成長と財閥の形成の歴史に費やされていた。

その時期の菱倉家は、他の財閥にもよく見られることだが、旧華族や政治家と結婚による血族関係を結ぶことに熱心だったようだ。

記事は、菱倉がことさらに家柄を重んじることを強調したがっているように感じられた。

それは、まことに旧態然としてはいるが、日本の社会では、現在でもなお、きわめて有効な権力対策であるという意味のことが述べられている。

そんなものか――と私は思った。巨大過ぎる経済力、そして権力。私には、まったくぴんとこなかった。

私が興味を持ったのは、菱倉達雄のインタビューの部分だった。

そのページでは、菱倉達雄は、類まれな粋人として描かれていた。

日本文化に理解を示し、その発展にも大きく貢献しているという。

例の、宗教団体をめぐるいざこざにも遠まわしに触れていたが、あくまで日本の伝統を愛するがゆえの行動という形で処理されていた。

菱倉は誌面でこう語っていた。

「時代の先取りは必要だ。そのためには地盤がなくてはいけない。私にとっては日本の伝統文化こそが地盤なのです。だから私自身も、書をたしなみ、花を活ける。茶の心得もあります。例えば、海外から重要なお客を招くとするでしょう。すると、こういうものがおおいに役立つ。海外のお客は残らず、日本の伝統美に心酔します。菱倉の家はもともとそういう家でした。ルーツは堺の商人ですが、そこに茶人の息子が婿養子としてやってきた。それ以来の家風ですな」

菱倉の先祖に茶人がいたというのは初耳だった。

なるほど、と私は思った。

宗順（そうじゅん）先生と菱倉達雄の娘、優子（ゆうこ）との縁組みにはそういう背景があったのだ。

私は、なんだかほっとする思いだった。

茶道の次期家元と旧財閥系大企業グループの盟主の娘。このふたりの縁組みは、表面的に見ると、宗順が菱倉の財力だけを目的にした、明らかな政略結婚に思える。

週刊誌やテレビのワイドショーも、宗順のそういったやり口を強く非難していたのだ。

　しかし、婚姻の背景を知れば、決して政略だけが目的でないことがわかってくる。むしろ菱倉の側から求めた縁談だと考えてもおかしくないくらいだ。

　私は、宗順が世間で言われているような計算ずくの人間でないということの確証をひとつ発見したような気になったのだ。

　私は、その雑誌を閉じて隣の男子社員に返すと言った。

「たいへんそうね。お茶でも入れてきましょうか」

「ありがたい。どうしたんだ？　急にうれしそうな顔になって」

「そうですか？」

「この雑誌に、何か掘り出し物の情報でも載ってたのか」

「まあね」

「何だい？　教えてくれよ」

「秘密です。経済戦争では社内の人間でもいつ敵に回るかわかりませんからね」

　私は、軽やかに給湯室へ向かった。

　金曜日の夜、秋次郎（あきじろう）から自宅に電話があった。

「明日の午後二時。うちの道場で、オヤジが秘伝の披露をする」

彼は言った。

「来られるかい」

「必ずうかがいます」

「刑事と地検が秘伝を見て、公判を維持できると踏んだら、すぐさま逮捕状を請求して、兄貴の逮捕ということになるだろう」

「そんなに急に……」

「捜査本部もそろそろ業を煮やしているだろうからな。どこかの駒を動かさないと局面は動かない」

「逮捕されるのとされないのじゃ、社会的な影響が大ちがいだわ」

「うん。おそらく、マスコミはにわかに活気づくだろう。警察のねらいもそこにあるんじゃないかと思う」

「どういうことですか？」

「公判でどういう結果が出るかはわからない。だが、逮捕というだけで、兄貴は社会的に大きな打撃を受けることになる。細心の注意を払ってこれまで築き上げてきたものが、一挙に崩れ去ってしまうわけだ。警察は、そのために兄貴が自暴自棄になって、何もかもぶちまけてしまうのを期待しているんだ」

「そんな……」

「よく人は兄貴のことを、目的のためには手段を選ばない男だ、などと言うが、その言葉は警察をはじめとする司法諸機関のためにあるんだ」

「どうすることもできないんですか」

「逮捕状が執行されたら打つ手はない。だが、できる限りのことをやってみたいんだ」

「何かお考えがあるんですか」

「うん。それで君の力を借りたいんだ」

「私の……」

秋次郎は、計画を私に話し始めた。

考えに考え抜いた作戦なのだろう。話を聞くうちに私の心臓は高鳴ってきた。どこまで効果があるのかわからない。だが、指をくわえて宗順（そうじゅん）の逮捕を見ているのは耐えられなかった。

「どうだ」

秋次郎は言った。

「やってくれるかい？」

私は電話のまえで大きくうなずいていた。

「やってみるわ。うまくいくかどうかはわからないけど」

「君ならだいじょうぶだ。じゃあ、明日、オヤジの席が始まるまえに、あらためて打ち合わせをしよう」

　秋次郎は電話を切った。


　八畳の広間に、安積と中野のふたりの刑事、検事と弁護士、そして秋次郎と私がすわっていた。

　全員緊張の面持ちで、点前(てまえ)が始まるのを待っている。

　風炉の横には、丸卓(まるじょく)という黒塗りの棚が置かれている。寺院で用いられる香炉を飾る卓から千利休が考え出した棚だという。

　天板、地板がともに丸く、その二枚の板を二本の柱でつないだだけの、見るからに簡素な棚だ。

　利休が作った丸卓は桐の木地そのままを用いたが、孫の宗旦(そうたん)は、それを黒塗りにして用いた。

　相山(そうざん)流では利休好みの白地の丸卓を多用するのだが、おごそかな気持ちを少しでも表現したいのだろうか、家元はこの席では黒塗りを使用していた。

　正客の位置には、銀縁の眼鏡をかけた検事がすわっていた。やせて背の高い男だった。

正客は、茶席における客の代表で、普通亭主と言葉のやりとりができるのはこの正客だけだ。

この席では、茶を楽しむのが目的ではないので、亭主の姿がいちばんよく見渡せるという理由で検事がその位置に陣取っていた。

次客――正客のすぐ隣には弁護士がすわっている。黒縁の眼鏡をかけた、背の低い実直そうな男だった。

以下、順に、安積刑事、中野刑事、武田秋次郎と並び、末席が私だった。

当然のことだが、この六人の客のうち誰が、そして、いつ襲いかかるか家元には知らされていない。

大寄せの席には、亭主を助け、客の接待をする飯頭が必ずつく。

飯頭はその席の進行役であり、司会でもある。この席では、事件当日、受け付けの責任者だった老練の師範が飯頭を務めることになっていた。

楠田宗秀（くすだそうしゅう）という名で、剣道の腕も達人クラスだということだ。

秋次郎が「誰かがふところに刃物を呑んでいたら、決して見逃がさない」と言っていたベテラン茶人だ。宗秀というのは茶号で、本名は、秀之助という。六十二歳という年齢相応に枯れた味わいのある人物だった。

まず、飯頭が茶道口から現れ、正客のまえに干菓子の載った菓子器を置いて一礼した。

飯頭の楠田宗秀は、さりげなく客一同を見渡すと立ち上がって、茶道口へ姿を消した。

「今の男にはもうわかっているはずです」

秋次郎が低い声で誰に言うとはなく言った。

「誰がふところに武器をかくして、亭主を狙っているか、ね」

安積刑事が、無表情に秋次郎を見た。

「ほう……。それはどういうことですか」

「うちの流派のベテランは、そういう訓練も怠らない。客に万一のことがあると大変ですからね。今の男は、刃物をふところに忍ばせている相手を十中八九……いや百パーセント見分けられます」

「まずいんじゃないのかね」

検事が言った。

「今の男が、家元に教えちまったりしたら」

「ご心配なく」

秋次郎は答えた。

「そんなことをしたら、秘伝を披露する意味がなくなるのは、うちの者は充分に承知していますあの男が父に――家元に凶器を持った人物を教えるようなことがないように、固く言いつけてあります」

「それはそれは……」

検事は、そっぽを向いて言った。

彼は明らかにおもしろくなさそうだった。こんな、いわばゲームのようなものに引っ張り出され、しかも、そのゲームにしか今のところたよるものがないというのが不服なのだろう。

「ただ――」

秋次郎は、検事の態度を意に介さぬ様子で言った。

「あの男――楠田宗秀と言いますが――彼は、事件当日、受け付けの責任者をやっておりましてね。石原健悟が受け付けを通るときは、刃物なんて持っていなかったと言っています」

検事は一瞬、興味を示した。

「その発言は、お兄さんにとって不利になる可能性がありますな。お兄さんの計画的殺人という可能性も出てきます」

弁護士が落ち着いた声で言った。

「法的には、何ら証拠能力のない発言です」

検事は、再びあらぬ方向を向いた。

「なに、公判が始まれば、ちゃんとした証拠に仕立て上げる手はいくらでもある」

弁護士は、眼鏡の位置を正して言った。

「秋次郎さん。不用意な発言はひかえていただかないと困ります」

「わかりました。ただ、そういう事実もあったということを知ってもらいたくてね」

安積刑事は、終始無言でこのやりとりを聞いていた。

半ば眠っているような表情からは、何を考えているのか読み取ることはできなかった。


茶道口に、家元が茶碗を持って姿を現した。茶碗には茶巾、茶筅が仕込んであり、茶杓があずけられている。

茶碗を建付けに置き、一礼する。

点前が始まったのだ。

建付けというのは、ふすまの柱の側のことをいう。

居前に進んだ家元は、一度、茶碗を壁ぎわに仮置きし、丸卓から棗をおろすと、再び茶碗を取って、置き合わせた。

日常の動作のように気負いのない動きだ。しかし、道具はわずかな音も立てない。

いったん水屋へ下がった家元は、続いて建水を持ち出した。建水の中には蓋置きが入っており、縁には柄杓が載っている。

居前に座し、建水から蓋置きを取り出し、風炉の向こう側に置く。

柄杓を蓋置きにあずけると、家元は、居ずまいを正した。

茶を点（た）てる用意が整ったことを意味するのだ。

飯頭の楠田宗秀が、絶妙なタイミングで茶道口から現れ、挨拶をした。

この飯頭の登場が早過ぎても遅れても、席はぎこちないものに感じられてしまう。

家元は、緊張の色などまったく見せていない。

静かに服紗（ふくさ）をさばくと、棗と茶杓を清める。

茶碗をわずかに手前に寄せ、服紗をたたんで、帯にはさんだ。

例えば、茶碗を手前に引く動作など、私たちがやると、いかにももったいぶっていて、その手順自体がたいそうなものに見えてしまう。

だが、家元は、最小限の動きで茶碗を引き寄せただけだった。ちょっと遠くにあったので、膝もとに近づけただけという感じで、実に自然なのだ。

家元は柄杓を取り、手鏡を見るように正面に構えると、右手で釜の蓋を開けた。

私も、誰が家元に飛びかかるのか知らなかった。おそらく、秋次郎も知らされていないだろう。

残る四人のうち誰かが、格闘訓練用のゴム製のナイフをふところに忍ばせて、機を待っているのだ。

家元は茶筅通しを始める。

飯頭の楠田宗秀が手を軽くついて言った。

「菓子を、一種類ずつお取りになって、菓子器を次の方にお回しになってください。甘いものは苦手というかたもおられましょうが、まあ、茶の湯の雰囲気のひとつとして味わってください」

菓子器には、たくみな細工で結び合わされた飴菓子と、菊を象った小さな落雁の二種類の干菓子が積み上げられていた。

検事、弁護士、安積刑事と順に菓子を取り回していく。

菓子器が中野刑事のまえにきた。

家元は、茶碗に抹茶を入れ終え、湯を注ぐところだった。

中野刑事は、菓子を取ろうと、身を乗り出した。

畳の上に何かが落ちる音がした。

茶席は静かだったので、異様に大きな音に聞こえる。家元を除く全員が注目した。

ゴム製のナイフが落ちていた。

中野は、「しまった」という表情をし、舌打ちしてから、あわててそれをふところに隠した。

飯頭の楠田宗秀は、にやりと笑っていた。

検事は、軽蔑したように中野を一瞥する。

私と秋次郎は顔を見合わせた。秋次郎は苦笑していた。

家元だけが淡々と茶を点てていた。

そういえば、茶に湯を注いでから点てるまでの加減が最も大切だと家元は言っていた。あの絶妙の味と香りを出すために、茶碗に神経を集中しているのだ。

一方、客のほうは、中野の失態で緊張の糸が切れてしまった。中野は小さくなっている。誰もが中野の失敗に腹を立てているようだった。

この私もそうだった。

若い刑事は、家元の一大決心を実にばかばかしい不注意のために台なしにしてしまったのだ。

家元は茶を点て終わり、茶筅を畳に置こうと体を伸ばした。

その瞬間に、鋭い呼気の音が聞こえた。

安積刑事が、立ち上がり、見事なスピードで、ナイフを突き出していた。

中野が持っていたのと同形のゴム製のナイフだ。

全員が意表をつかれた。

家元は、片膝を立て、左手で、ナイフを持つ安積刑事の手首を押さえた。同時に、右手に持った茶筅で、安積刑事の顔面を一撫でする。

「うわ」

安積刑事は声を上げてひるむ。

家元は、茶筅を捨て、両手で安積刑事の手首を固める。ナイフの刃は上を向いている。

家元は、手首を固めたまま下方に引き落とし、同時に安積刑事の足を払った。

安積刑事は、うつぶせに倒れた。

その胸の下でゴムのナイフがぐにゃりと折れ曲がっている。本物のナイフなら深々と胸に突き刺さっていた。

中野刑事の失態は、実は陽動作戦だったということにようやく気づいた。

誰もが安積刑事にだまされたのだ。

それだけ、周到に計画した安積だったが、見事に、家元に倒されてしまった。

体格のいい安積が、枯れ枝のようにたよりない体つきの家元に、赤児同然にあしらわれたように見えた。

全員、凍りついたように、安積刑事と家元を見つめていた。

約四百年間、門外不出とされていた秘伝が、今、この瞬間に初めて相山流関係者以外の人間に公開されたのだ。

検事は、さきほどまでの無関心な態度をかなぐり捨てていた。飴玉をまるごと呑み込んでしまったような顔をしている。

弁護士と中野刑事は、身動きひとつしない。

私は、そっと秋次郎を見た。

彼は、やや蒼ざめた顔で家元を見つめていた。

安積刑事がようやく起き上がる。彼は、どっかとあぐらをかいた。

喉の奥からうなり声を発している。なぜうなっているか、私にはわからなかった。

突然、安積刑事が言った。

「柔道三段、剣道四段のこの俺を、軽々と倒しちまった」

彼は顔を紅潮させている。

「俺の突きをかわせる者は、署にだって数えるほどしかいない。それを、造作もなく封じてしまった。最初の茶筅による一撃。本当なら、あれで俺は盲目になっていたはずだ。お家元はわざと狙いを外したんだ。そのあとのことは、何が何だかさっぱりわからない。気がついたら、ゴムのナイフが俺の胸の下でひしゃげてた」

「落ち着きたまえ。安積君。見苦しいぞ」

検事が言った。

安積は検事を睨み返した。

「取り乱しているわけじゃないんです。俺は感動してるんですぜ。この安積剛のサムライ魂が感動にふるえてるんです。さすが秘伝というだけのことはある」

安積は立ち上がった。

「倒れた俺の手は、確かにナイフを握っていた。そして、この方法だと返り血を浴びない。ナイフに指紋が残ったとしたって、俺の指紋だけだ。宗順さんを支えていた物的証拠は、この秘伝によって、すべて無効になったんですよ」

「はたして、そうでしょうか」

弁護士が言った。

「この秘伝の法的な扱いはまだまだ微妙です。これまでの物的証拠をくつがえすだけの証拠能力があるかどうかは議論の余地があります」

「へ理屈だ」

安積は言った。

「それに――」

弁護士は淡々と言った。

「相山流の家元を継承する人間にこの秘伝が伝わっていたとしましょう。だが、あの日、あの場所で武田宗順氏が秘伝を使ったという証明は、おそらく誰にもできないでしょう」

安積は弁護士に言った。

「そいつは公判へ持ち込んでくれ」

検事が、安積に言った。

「すぐ裁判所へ向かえ。逮捕状の請求だ」

「請求書、疎明資料、いっさいがっさい用意して、うちの刑事が裁判所で待機してます。電話一本入れりゃ、すぐに手続きする手はずになってます」

安積は、楠田宗秀に言った。

「電話を貸してもらえるかね」

楠田宗秀は、溜め息をついてから立ち上がった。

「ご案内いたします」

ふたりは出て行った。

秋次郎の顔はますます蒼ざめてきた。

私も、現実が遠のいていくような感覚に襲われていた。

家元がようやく口を開いた。

「茶が冷めました。点て直しましょう」

家元は、何事もなかったように茶を点て始めた。

表情、肩、指先——どこにも動揺の様子が見られない。

私は不思議な存在を見る気分だった。

2

安積刑事がもどってきて、すべての客に茶が出された。

席が終了すると、家元は楠田宗秀に言った。

「すまないが、宗順を呼んできてくれないかね」

楠田宗秀は一礼して席を立った。

安積が中野に目配せする。中野が、よろけながら立ち上がった。足がしびれているのだ。彼は難儀しながらも、楠田のあとを追った。

「あなたがたを信頼していないわけではないんですが」

安積刑事は家元に言った。

「ここで、万が一、宗順氏に姿をくらまされたりすると、ことがいっそう面倒になりますんで、いちおう中野が同行させてもらいます」

家元はうなずいた。

「当然のご配慮です。しかし、われわれが宗順を逃がしたりすることはあり得ません。相山流の面目というものもあります」

宗順が現れた。

彼は部屋に入ってすぐの末席にすわった。

ずいぶんとやつれて見えた。

顔色がさえなく、思わず他人をひき込んでしまうような知的で活きいきとした眼の輝きも失われていた。

和服の着こなしにも、髪にも乱れはなかったが、どこかくたびれ果てたような印象があった。

家元が、静かに言った。

「宗順、私はいましがた、相山流家元に伝わる秘伝を、検事さんや刑事さんがたのまえで披露したところだ」

武田宗順は、うつむいたまま何も言わない。まるで、家元の声が聞こえていないかのようだった。

家元は言葉を続けた。

「秘伝の披露におまえが反対していたのは知っている。四百年近く続いたわが相山流の伝統だ。十四代目にして、この私がその伝統を打ちこわしてしまっていいものか。私にその権利があるのか――ずいぶんと考えた。しかし、今はすべての事実を明らかにしなければならないときなのだ。わかってくれるな、宗順。私が言いたいのは、それだけだ」

宗順はまったく動こうとしなかった。魂がどこか別のところをさまよっているようだった。

安積刑事が言った。

「今、あなたの逮捕状を手配しているところです」

宗順はゆっくりと顔を上げて安積刑事の顔を見た。

何を言われたのかを理解するために苦労しているように見えた。

「署までこのままご同行願えれば、私どもとしては手間がはぶけるのですが……」

宗順は生気のない眼で安積刑事を見ていたが、やがて、小さくうなずくと立ち上がりかけた。

「待ってくれ」

秋次郎が声をかけた。

安積刑事が秋次郎を見る。

「裁判官が逮捕状を発付するとまだ決まったわけじゃないだろう。兄の——宗順の犯行を特定するに足りる証明が稀薄だと裁判官が判断する可能性はおおいにある」

「だから任意同行を願い出ている」

安積刑事の眼に独特の鋭さが宿った。

「それに、こういうことはあまり言いたくないんだが、今後のためにも言っておこう。逮捕状を請求に行っているのは、うちの署のベテラン刑事ふたりだ。たとえ、裁判官が何を言おうと、説得して逮捕状をもぎ取ってくるくらいのことは慣れっこなんだよ。逮捕状は必ず取ってくる。なんなら署でおがませてやってもいい。あんたもいっしょに来るんだな」

「秋次郎さん」

弁護士が言った。

「ここであまり騒がんほうがいい。私も宗順さんといっしょに行くから……」

「わかった。だったら少しだけ時間が欲しい」

秋次郎は安積刑事に言った。

「時間？」

「そう。兄が茶を一服点てるだけの時間を」

安積は秋次郎を睨みすえたまま考え込んだ。他人の顔を見つめながら思案するのが癖だと言っていたことがある。安積刑事は、どうしたものか本気で考え込んでいるのだ。

秋次郎が言った。

「署へ行って、そこに逮捕状がとどいたら、その場で逮捕ということになるのでしょう。そうなれば、兄は当分茶の道具には触れられないことになる。武士の情けと思って、茶を点てさせてやってもらいたい」

「武士の情けか……痛いとこを突く……。いいだろう。こうなれば、こっちも急ぐことはない」

「さ、兄さん……」

秋次郎は宗順に言った。

秋次郎の本意を推し測るように顔を見つめていた宗順だったが、やがてその試みを放棄したように首を振って立ち上がった。

秋次郎は言った。

「検事さんも、弁護士さんもそして刑事さんも、よく見ておいていただきたい。これが、次期家元、武田宗順の最後の点前となるかもしれない」

家元が音もなく立ち上がった。

「そういうことなら、秋さんや、この私が飯頭を買って出よう。宗秀さん、水屋をお願いしますよ」

席が始まった。

さきほど家元が使った黒塗りの丸卓（まるじょく）をそのまま使用した。

宗順の点前は、実に切れがよかった。武道の演武を見ているような気にさえなってくる。

しかし、決して雑な点前ではない。間の取り方でそう見えるのだということに私は気がついた。

家元とはまったく違う味わいがあった。

家元の点前は、すべての動きが消化し尽くされていたが、宗順の動作には他人の眼を吸い寄せる勢いがあった。

検事も弁護士もじっと宗順を見つめている。

家元が飯頭として席に現れる。

家元は一言も言葉を発しない。

客たちが、宗順の点前に魅せられているのを知って、あえて挨拶もしなかったのだ。

誰もが宗順を見ていた。

家元も、宗順のうしろ姿を見ている。

私は、そっとスーツのなかに手を入れた。

宗順が、柄杓を取るのが見えた。

私は勢いよく立ち上がった。

検事、弁護士、刑事たちが、いっせいに私のほうを振り仰ぐのが視界のすみに入った。

私の体はかっと熱くなった。

スーツのなかから私はナイフを取り出して、宗順の斜め後方からぶつかって行った。

額に、衝撃を感じた。

あとは何をどうされたのかわからない。

視界のなかを天井や壁がパノラマのように流れていった。

私はうつぶせに倒れていた。

胸が痛く息が一瞬つまった。

ナイフの柄だけが私の胸の下に見えていた。私はその柄を握っていた。

いち早く私に駆け寄ってきたのは秋次郎だった。

秋次郎以外の男たちは驚きのために身動きもできずにいる。

宗順も同様だった。彼は片膝をついたまま、驚愕（きょうがく）の表情で私を見つめている。

「だいじょうぶか」

秋次郎が言った。

「ええ」

私は胸をおさえて起き上がった。

私は、はっとして、あわてて正座し、宗順と家元に深く頭を下げた。

「申しわけありません。お許しください」

私は消えてしまいたかった。

「いったいどういうことだ……」

宗順がつぶやいた。

「僕が彼女にたのんでやってもらったことだ」

秋次郎が、私の手からナイフを取って言った。「このナイフも、僕が彼女に貸したんだ。よくあるオモチャだよ」

秋次郎がナイフのきっ先を指で押すと、刃は柄の中に入っていった。指をもどすと、バネで再び刃が押しもどされる。

秋次郎は客たちに向き直った。

「はっきりと見たね。検事さん、刑事さん、そして弁護士さん。兄は、彼女の攻撃に対し、反射的にあの技を使った。兄は、誰かが襲ってくるなどとは夢にも思っていなかった。兄は点前に集中しきっていた。さきほど、父は刑事さんに対して手加減をした。眼をつぶすはずのところで、それを形だけ行って見せた。それは、父があらかじめ誰かが襲ってくるということを知っているからできたんだ。兄は、彼女に対して容赦なく技をかけてしまった。つまり、咄嗟に体が動いてしまったんだ。もしナイフが本物だったら、彼女は死んでいただろう」

「何が言いたい？」

安積刑事が秋次郎を睨んだ。

「この秘伝はそういう性質の技だということをよく覚えておいてほしいということだ。反射的にすべてが決まってしまう技で、途中で手加減などできない。もし、それができるのなら、兄は今、彼女に対して秘伝の技を中断していたはずだ。兄は彼女を殺したくはないだろうからね。僕が彼女に刺客の役をたのんだのも、そこを強調したいからだ。つまり、この技は、殺意がなくても、攻撃されたら反射的に相手を殺してしまう技だということだ」

「殺意がなくても……？」

「そう。僕が言いたいのはそこのところだ。起訴する際に、その点が重要なポイントになってくると思ったから、多少芝居じみてはいるがあえてこういうことをしたというわけだ」

検事と安積が無言で顔を見合わせた。

「覚えておきますよ」

弁護士が秋次郎に言った。

「覚えておきますとも。はっきりとね」

秋次郎は、頭を下げたままでいる私の腕を取った。私は顔を上げた。秋次郎に肩を抱かれて、私はもといた場所にもどった。

胸の一点が痛んだ。オモチャのナイフとはいえ、その柄の上に私の体重がのしかかったのだ。きっとアザになるに違いない。

あれが本物のナイフだったらと思うと私はぞっとした。

見ると、宗順は居前にもどって正座していた。

宗順は言った。

「茶を点てるが、飲む気のない者は退出していただきたい」

誰も席を立たなかった。


正面の門のまえに停まっている県警のパトカーの白と黒が、非情さの象徴に見えた。

パトカーに向かう宗順は、仮面をかぶったように表情がなかった。

安積刑事も、一切の感情を拒絶しているように見える。黙々と職務を遂行している姿が、ひどく不気味に見えた。

どんな感情も警察権力のまえには無力だということを、無言で知らしめているようだった。

ときには、安積刑事の眼に、包み込むようなやさしい笑みが宿ることなど、この場面を見た人間は誰も信じはしないだろう。

そういうことを信じさせてはいけない職業なのかもしれない。ふと、私はそんなことを思った。

警察官というのは、およそ人間の醜悪な部分とばかり付き合っていかなければならないのだ。

そこは、憎しみや悲しみ、怨みやねたみなどありとあらゆる激しい感情が交錯する世界に違いない。私たちの想像の範囲を超えた世界なのだ。

激しい感情を一切無視し、あるいは切り捨てていくことが、警察官には必要不可欠なのかもしれない。

警察官は、憎まれることを何とも思っていないのだろう。憎まれ、怨まれることに耐えられないほど傷つきやすい人間は、銃や警察手帳を手にすることはできない。その職業では、人間的な感情が自分自身の命取りになる可能性があるからだ。

宗順と弁護士を乗せ、パトカーは発車した。

検事は挨拶もそこそこに去って行った。

私は門の出口で、走り去る二台の車をぼんやりと見送っていた。

「よくやってくれたな」

秋次郎は私に言った。

私は、ひっそりと立っている家元を気にしながら言った。

「何だかとても申しわけない気分です。宗順先生の席であんなことをしてしまって……」

「俺がたのんだことだ。気にすることはない」

「私、相山流の秘伝を冒瀆（ぼうとく）したような気がして、いたたまれない気持ちなんです」

「俺も懸命に考えた。でも、あれ以外の方法が思いつかなかったんだ」

「宗順先生のお役に立ったんでしょうか」

秋次郎は一瞬考え込んだ。

「法的には何も証明したことにはならない。だが、事実は事実だ。どこかの時点で必ず役に立つことがあると俺は信じてるよ」

「これからいったいどうなるのでしょう」

「さあ……」

秋次郎は言って、家元のほうを見た。

家元は、門の外を眺めていた。

葉がまばらになった枝のアーチのあいだから海が見えている。

家元は、秋次郎の視線を感じたらしい。遠くを見たまま言った。

「さて……。しばらくは静観するしかないだろう」

家元は私のほうを向いた。

「小高(おだか)さんは、今からどうなさいます？」

「別にこれといって予定はございませんが……」

「だったら、われわれといっしょにいてくださらんか。そのほうが気がまぎれます」

断る理由はなかった。

「はい。そうさせていただきます」

家元はうなずくと、道場の向こう側の屋敷に足を向けた。秋次郎と私は、黙ってそのあとに続いた。

警察から、宗順逮捕を知らせる電話がきたのは、その約一時間後だった。

3

帰宅したのは夜の七時ごろだった。

食欲がなかった。

でも、食べないとたちまち気力まで萎えてしまいそうな気がして、なんとか夕食を喉の奥へ押し込んだ。

宗順逮捕の衝撃はじわじわとやってきた。

テレビのニュースで報道されるにいたって、私はことの重大さをはっきりと実感した。

秋次郎は、逮捕されてからのことを考えていた。

逮捕されたとしても、起訴されるとは限らない。さらに、公判に持ち込まれたとしても、有罪になると決まったわけではないのだ。

秋次郎は、それら残された可能性を冷静に見つめていたのだ。

しかし、社会一般の人々はそうではないだろう。

逮捕されたということだけで、人々はその人物に犯罪者のレッテルを貼ってしまうのだ。特に、宗順のように社会的地位があり、これからさらに名声を得ようとしている人間にとって、警察に逮捕されるというのは決定的な痛手となる。

宗順は社会的に葬られたのに等しいのではないか。

世間の人々は、冷静に公判の結果を待つなどということはしない。「逮捕」――それだけですべてが終わったと思い込んでしまうのだ。

マスコミはここぞとばかりに、さまざまな中傷を書き立てるだろう。

正確な報道の責任など放り出し、利益追求の原則だけに盲従する週刊誌やスポーツ紙のやることは、見るまえから明らかだった。

良識を捨て去った報道機関というのは、強力な銃を持って街中に現れた凶悪犯と同じだ。

そして、人々は、その凶悪犯がめちゃくちゃに放つ弾丸にたやすく心を撃ち抜かれてしまう。マスコミの報道を、まるで自分の判断のように信じ込んでしまうのだ。

宗順は人一倍名声欲の強い人間だ。それは私も充分に認めている。しかし、そういう性格だからこそ、鎌倉にひっそりと伝わっていた相山流茶道を全国的な流派にまで発展させられたのだと思う。

しかし、その性格があだとなった。

警察に逮捕され、社会的に抹殺される屈辱は、おそらく耐えがたいに違いない。

なぜ、宗順がこれほどまでに苦しまねばならないのだろう。

石原健悟を殺したからと人は言うかもしれない。確かに、人ひとりの人生には多くの人々の喜びや悲しみがかかわっている。殺人とは、単に、ひとりの生命を奪うだけでなく、周囲の人々の喜びを奪い、代わりに苦しみと悲しみを植えつける行為であることも充分に承知しているつもりだ。

しかし、まだ宗順の罪が決まったわけではないのだ。

あの日、茶室のなかで何が起こったのかはまだ誰も知らない。私は、今でも宗順を信じたい気持ちだった。

いや、宗順が石原健悟を殺したのは不可抗力だったという確信が強まりつつさえあった。

宗順は何のためにこんな苦労を強いられているのか。

いったい誰のために――。

私は、そこまで考えて、はっと思い当たることがあった。

「いったい誰のために」

この一言が、私の頭の回転をうながすキーワードとなった。

これまで秋次郎と話したことが次々と頭のなかに浮かび上がってくる。

宗順を社会的に抹殺しようとたくらむ者がいれば、その人間は、自分では手を下さず見事に目的を達成したことになる。

石原健悟と宗順は言い争いをしていた。何か原因があるはずだが、ふたりの生い立ちや生活面では共通項は何ひとつない。

ふたりを結びつける誰かがいれば、疑問は解ける。

私は、結論を急ごうとする自分を必死に抑え、もう一度事件の細部を思い出していった。

難解なパズルだったが、秋次郎から聞いた話がいたるところでヒントとなった。

秋次郎は、そこまで読んでいたのだろうか。まったく底の知れない男だった。

私の孤独な作業は、深夜まで続いた。


翌日は日曜日。今にも雨が降り出しそうな天気だった。

私は午前十時に秋次郎に電話をした。

「お会いしたいんですけど、ご都合はいかがですか」

「ああ、あいてるよ。何時ごろがいいんだ」

「できるだけ早く」

「じゃあ、これからすぐ出る」

私たちは、若宮大路に面した喫茶店で待ち合わせた。

秋次郎は、臙脂(えんじ)のトレーナーに白いコットンパンツという軽装で現れた。白いテニスシューズを履いている。

「警察は何か言ってきましたか?」

「昨日のきょうだ。まだ何も言って来ないよ」

「そうですか……。お家元はどうしてらっしゃいます?」

「うん。泰然自若……と言いたいところだが、正直言って、あれは相当にまいってるな」

「心配だわ」

「だいじょうぶさ」

秋次郎は窓の外に眼をやった。

「あ、やっぱり降ってきたな」

小粒の雨がガラス窓をぽつりぽつりと濡らし始めていた。と、思う間に雨足は強まり、細い銀の糸のように見えた。

「秋雨の季節なんだな」

秋次郎は窓を見ながら言った。

「知ってるかい。関東地方の降雨量はね、梅雨時より、秋雨の時期のほうが多いんだ」

私は何も言わなかった。

秋次郎は、私の顔に視線を移した。じっと私を見つめる。

「さて、話を聞こうか。わざわざ世間話をするために俺を呼び出したわけじゃないだろう」

私はうなずいた。

「お願いがあるんです」

「何だい」

「これから、私といっしょに宗京先生のお宅へ行っていただきたいんです」

秋次郎は、私の顔に眼をすえたまま何も言わずにいる。

私がこれから何をしようとしているか、すべて理解したのだ。

やがて秋次郎は、視線を落とし、ぼんやりとした表情で何ごとか考え始めた。

「そうだな」

彼は言った。

「それがいいかもしれないな」

「いっしょに行ってくださいますか」

彼はうなずいた。

「行こう。彼女の家は雪ノ下だったな」

ふたりは店を出た。

雪ノ下まで歩いて十分ほどだ。

若宮大路に出た私たちは、鶴岡八幡宮に向かって右手へ折れる路地へ入った。

ふたりは傘を並べ、何も言わずに歩き続けた。

九門京子は私と秋次郎を、柔らかな微笑で迎えた。

私は九門京子の印象にわずかな変化を感じた。

張りつめたような感じがこれまでの彼女にはあった。それが、どこか不安げでしかも近寄りがたい美しさを彼女に与えていた。

きょうの九門京子には、その緊張感がなかった。

美しさには変わりはない。だが、以前に比べるとずっと柔和な美しさだった。今までにはなかった精神的充足を感じた。

九門京子は、私たちを応接間に案内した。

古いが立派な屋敷だった。

九門京子はひとり暮らしだった。もともとはこの家で、両親、兄弟とともに住んでいたのだが、両親が早くに他界し、ふたりの兄は東京と神戸でそれぞれ家庭を築いているということだった。

この家は九門京子によく似合った。

障子を通して雨音が聞こえてくる。

九門京子が煎茶を入れてきた。上品な干菓子がそえてある。

座卓に茶を置くと、九門京子は秋次郎の正面にすわった。秋次郎が上座、九門京子が下座だ。私は、障子に向かう形ですわっていた。

「兄が警察に逮捕されました」

秋次郎が言った。九門京子の表情は変わらない。彼女はかすかにうなずいただけだった。

「ご存じでしたか」

「ゆうべ、テレビのニュースで……」

「きょうはそのことできました」

初めて九門京子はわずかな驚きの表情を見せた。

「秋次郎さまがわたくしをお訪ねくださるなんて、いったい何事だろうと思っておりました。しかも、私のお弟子さんをお連れになって……。やはり、そのことでしたか」

「僕が彼女を連れてきたんじゃありません。彼女が僕を連れてきたんですよ」

「なぜ、わたくしのところへ……」

「警察はその後何も言ってきませんか？」

「わたくしのところへですか？　いいえ、何も……。でも、なぜそんなことをお訊きになるのかしら」

「石原健悟と宗順先生の関係に疑問が残るからです」

私は勇気をふるい起こして言った。

「宗順先生は、一貫して石原健悟のことを知らない人物だと言い通してきました。でも、私は知ってるんです。茶会の当日、事件が起こる直前に、宗順先生と石原健悟が言い争いをしているのを、私は見てしまったんです」

「ちょっとお待ちなさい、紅美子さん。落ち着いて考えてごらんなさい。初対面の人同士だって言い争いをすることはあるでしょう。例えば、そうね……。誰か初対面の人があなたにとても無礼なことを言ったとします。それもしつこく……。あなただって、ついかっとなって口論を始めるかもしれませんよ。あのとき、石原健悟と宗順先生も、そうだったのかもしれません」

「石原健悟の口論の相手が、宗順先生だけだったら、今、宗京先生がおっしゃったことが納得できたかもしれません」

「どういうことかしら……」

「私は、石原健悟と宗京先生が口論しているのも知っているんです。事件の前の週の水曜日、お稽古に行ったときに私は見てしまったんです。石原健悟は宗京先生と口論し、さらにわざわざ茶会に出かけて行って宗順先生と言い争いをしています」

「そう……」

九門京子の表情はあくまでもおだやかだった。かえって落ち着きを増していくようにさえ見えた。

「やっぱり、あのお稽古のとき、見てらしたのね」

「宗順先生と石原健悟の関係がどうしてもわからない。新聞を見る限りでは、警察もそれをつかみあぐねているようです。ふたりをつなぐ誰かがいるはずだと私は考えました」

「それがわたくしだと、お考えになったわけね」

「そう考えれば、いろいろなことに合点がいくことに気がついたのです」

九門京子は、無言で私を見ていた。静かな眼差しのままだった。

いったい彼女は何を考えているのだろう——私のほうが不安になってくる。

「私は、そのことを警察にも話しました」

「そう……」

秋次郎が言った。

「だから、僕はさきほど尋ねたんですよ。警察が何か言ってこなかったか、と。当然、石原健悟と兄貴、そしてあなたの関係を追及しに来るはずです。来ないのは不自然なんですよ」

「そうですわね。不自然ですわ」

「本当にまだ何も言って来ないんですね」

「ええ、まだ……」

秋次郎は考え込んだ。警察の動き方が気になるらしい。今、私には、そんなことはどうでもよかった。

「宗京先生……」

私は訴えかけるように言った。

「私は、謎解きをして宗京先生を追いつめようなどと考えているわけではないのです。本当のことを知りたいのです。そして、できれば、宗京先生の口からそれをうかがいたいのです」

九門京子は何も言わない。

「秋次郎さんと私はいろいろと事件のことを考えました。でも、疑問は疑問のままで残されるばかりです。あの日、茶室のなかで何が起こったか、きっと宗京先生ならご存じのはずですわね。私は、それを知りたいのです」

「宗京さん」

秋次郎が言った。

「あの事件で凶器となった包丁は、あなたのものだね」

九門京子はゆっくりと視線を秋次郎に向けた。

「そして、相山流の開祖伝説や秘伝の話を警察にしたのもあなただ。違いますか」

九門京子は、そっと視線をそらした。

「警察は明らかにあなたに眼をつけています。素人のわれわれでさえ、これくらいの推理はできるのです。刑事なら、とっくに勘づいているでしょう。宗京さん。僕たちにあの日、茶室で起こったことを話してください。力になれるかもしれません」

九門京子は、伏せていた眼を上げ、秋次郎を見た。

初めてその眼に感情の光が宿った。毅然とした眼差しだった。怒りの色にさえ似ていた。

九門京子は、にわかに、何者をも寄せつけない気高い美しさを取りもどした。

私は思わず圧倒された。

彼女は秋次郎を見たまま言った。

「今になって、力になってなどいただかなくても結構です。たいへん失礼な言い方かもしれません。お許しください。でも、秋次郎さまはじめ、流派の方々は、私と宗順先生の関係を見て見ぬ振りを続けていらっしゃいました。助けていただきたかったのは、むしろ、そのときだったのです。わたくしの力になるとおっしゃいましたわね。でも、それは違いますわ。助けたいのはわたくしではなく、宗順先生なのでしょう」

「いや、そうじゃない……」

「わかっております。わたくしは、秋次郎さまに怨みごとを申し上げる気はまったくございません」

「心の整理はついているものと思っていた。お互いの立場を認めたうえで、兄貴と関係を持っているのだと思っていたんだ。だから、僕は何も言わなかった。オヤジもあえて静観していた」

「お互いの立場を認めたうえで……？　それはあまりに身勝手な男の言い分だとわたくしは思います。そんな女がどこにいるでしょう。わたくしは心の整理などついてはおりませんでした。そんなことができるはずがございません。わたくしにできるのは、ただひとつ、ひたすら耐え続けることだけだったのです」

「兄貴を怨んでいたのですね」

「怨んでおりました。そして、愛してもおりました」

「今回の事件は、宗京さんの兄貴への復讐劇だったのですね」

九門京子はしばらく、秋次郎を見つめ続けていた。

ふと眼をそらし、障子に眼をやる。

彼女の肩から力が抜けていった。

「そう……。復讐劇ですわ。宗順先生と、そして石原健悟への」

私と秋次郎は無言で顔を見合わせた。

「いいえ……。すべての男に対する復讐を、あのふたりに代表してもらったと言うべきかもしれません」

「話してもらえますね」

秋次郎が言った。

「わたくしは目的を果たしました。もう、何も隠す必要はございません。お望みなら、お話ししましょう」

九門京子は、淡々とした口調で語り始めた。

「石原健悟とわたくしは、確かに知り合いでした。もっとはっきり申し上げれば、わたくしと彼は愛し合っていた時期もあるのです」

第四章　復讐の脚本(シナリオ)

1

九門京子(くもんきょうこ)が石原健悟(いしはらけんご)と知り合ったのは、大学時代のことだったという。

石原健悟と九門京子は、同じ大学の同期生だった。九門京子は文学部、石原健悟は経済学部だったが、学園祭をきっかけにふたりは知り合ったという。

九門京子は当時、茶道部の三年生で、学園祭の茶会のあと、石原健悟に交際を申し込まれたそうだ。冷やかし半分で茶道部の茶会を見物に行った石原健悟が九門京子に眼をつけたというわけだ。

そのときのことは容易に想像できた。

これだけ美しい九門京子だ。学生時代から目立つ存在だったに違いない。当時、すでに相山(そうざん)流の入門証をもらっていた彼女は、女子大生とはいっても、きびしい茶の道に進むことを決意していた。この覚悟のようなものが、美しさに加え一種独得の凄味(すごみ)を彼女に与えていたことだろう。

それは、並の男子学生なら思わずたじろいでしまうほどの魅力だったに違いない。

だが、石原健悟はあくまで強気だった。

彼は体育会の部長の座にあった。

押しの強さが彼の身上だった。

気は短く、激昂しやすい性格だが、いったんこうと思い込んだら、何が何でも目的を果たす男で、その行動力は周囲の人間たちに一目置かれていたようだ。

九門京子は、石原健悟のあくまで強気な攻撃に屈する形で交際を始めたのだと思う。

ふたりの交際は、卒業後も続いた。

石原健悟は情熱家で、九門京子だけを脇目もふらずに愛し続けていたようだ。

石原健悟は、中堅の広告代理店に就職した。営業の第一線で働く彼の生活は不規則だったが、まめに九門京子に電話をし続けた。

たまの休みには、必ず九門京子をドライブや映画に誘ったという。

石原健悟は申し分ない恋人だったといえるだろう。

普通の幸福を願う平凡な女だったら、彼の情熱に十二分に満足し、たいした障害もなしに結婚にゴールインしていたに違いない。

しかし、九門京子の場合はそうはいかなかった。

器の違いというのだろうか。そう言って悪ければ、志の差と言ってもいい。

九門京子は、自分が望むか否かはかかわりなしに、より上の世界に引き上げられていったのだ。

ひたすら茶の道に打ち込んだ彼女は、若くして弟子を持つ身となった。

流派の本部のなかでも、彼女の熱心さと努力の成果が、その美しさとあいまって評判になっていったのは想像に難くない。

当然その評判がたちまちのうちに次期家元、宗順（そうじゅん）の耳に入る。

宗順は九門京子を見初めることになる。

宗順と九門京子は急速に近づいていったという。

初め、相手が次期家元ということで恐縮していた九門京子だったが、次第に宗順のペースに乗せられていったのだ。

ふたりは、交際を世間に知られまいと注意深く振る舞った。

事実、私たち直接の弟子ですら、ふたりの関係を知らなかったのだ。

九門京子は、ふたりの男と同時に付き合えるタイプの女ではない。まして、茶の道に精進している彼女には、そういった時間的余裕も精神的ゆとりもなかった。

自然に、石原健悟との仲は遠のいていった。

私は、女だから言うわけではないが、九門京子を決して責められないと思った。恋愛は義理や人情と秤(はかり)にかけられるものではない。

しかし、石原健悟はそんなことを理解するはずもない。

次第に離れていく九門京子を何とか引き止めようと必死の努力をした。

彼の行動には常識をはずれたものさえあったという。会社を休んで、一日中彼女をつけ回したこともあったということだ。

彼は強引なまでの行動力で、ついに九門京子の新たな恋人が、武田宗順であることをつきとめる。

石原健悟は怒り狂った。

九門京子はただただ謝り続けた。

やがて、石原健悟の怒りの嵐は去った。

石原健悟は、コンプレックスの強い男だったということだ。

押しの強さも、がむしゃらな行動力も、コンプレックスの裏返しなのかもしれない。

武田宗順の権力と財力、そして理知的であるという評判は、彼をおおいに刺激したのだろう。

石原健悟は、武田宗順が九門京子を、財力と権力で自分から奪ったのだと信じ込んだらしい。

自分にそう言い聞かせたのかもしれない。

心理学で言う「合理化」という状態だ。

九門京子が自分ではなく宗順を選んだのは、自分に非があったからではない。宗順が汚い謀略をめぐらしたからである。

そして、九門京子は金と権力に眼がくらんだのだ。彼女はそれだけの女だった。

石原健悟がそう考えたとしても、彼が異常だとは言えない。

もし、そういう考え方ができたとしたなら、彼は精神的にたいへん強靭だといえるだろう。

石原健悟は、九門京子の必死の制止も聞かず、宗順に直接会いに出かけ、口汚くののしることが三度ほどあったそうだ。

そのたびに、宗順はつとめて冷静に対処したということだ。

石原健悟は、格の違いともいうべきものを感じ取ったのではないだろうか。

結局、彼は九門京子のまえから姿を消した。

それが約一年前のことだった。

「冷淡な人間と思われるかもしれませんが――」

九門京子は言った。

「わたくしは、それほど罪の意識を感じませんでした。わたくしは茶人として身を立てることに夢中でした。茶の世界に身も心もささげるつもりでいたと言っても過言ではありません。宗順先生は、そういう意味でも、わたくしにとって大切な人でした。石原健悟より宗順先生に、精神的な距離の近さを感じていたのです」

現在、九門京子は三十歳だ。

この若さで何人もの弟子をかかえている。相山流本部の重要な催しには必ず顔を出し、つつがなく役目をこなしていく。流派内でも彼女は一目置かれていた。

静かな表面からは想像もつかない情熱を秘めているのだ。

だからこそ、今の地位を築けたのだろう。

大事を成すために、着々と駒を進めるには、華やかに燃え上がるよりも、炭火のように絶えず燃え続ける静かな情熱が大切だ。

「じゃあ、石原健悟とはいちおうのケリはついていたわけだ」

秋次郎（あきじろう）が九門京子に尋ねた。

「そういうことになります。この一年間、電話もございませんでしたから……」

「どうして茶会の直前に、あなたのまえに現れたんだろう」

「宗順先生の婚約を知ったからでしょう。週刊誌か新聞の記事で知ったんだと思います」

「なるほど……。自分の女を金と権力で奪った宗順が、今度は、大金持ちの娘と婚約をする……。石原健悟としては我慢ならなかったわけですね」

「彼は、宗順先生のご婚約を機に、よりをもどそうとわたくしに持ちかけました。わたくしには、もうすでにそんな気はございませんでした。はっきりお断りすると、彼はにわかに興奮し始めたのです」

「ほう……」

石原健悟は、怒りをあらわにこう言い始めたそうだ。

「すべてをぶちこわしてやる。あんたと宗順の関係を周囲の人間にすべてぶちまけてやるんだ。あんたの茶人としての立場、宗順の次期家元としての立場、そして、宗順の縁談……。あんたと宗順の関係が明るみに出れば何もかもただでは済まないはずだ」

スキャンダルで得をするのは芸能人くらいのものだ。

茶の世界は、厳格だ。そのきびしさゆえに、スキャンダルは一茶人の命取りともなる。

茶の道にこれまでの人生のほとんどを費やしてきた九門京子だ。この石原健悟の言葉を恐れぬはずがなかった。

彼女は石原健悟を憎んだ。偏執狂的な彼を生理的に心から憎んだのだった。

一方、九門京子は、宗順への怨みの炎をも燃やし始めていた。

彼女は、名誉とか財力などとは関係なしに宗順を愛し始めて久しかった。

愛情の行方、この恋愛の結論がどういうものになるのかは予想もつかない。彼女は努めてそのことを考えまいとしたという。

しかし、結論はあまりに早く、最も残酷な形でやってきた。

宗順は婚約のことを九門京子に告げ、こう言ったという。

「君への想いは変わっていない。しかし、私は、個人的感情で縁談を進めることはできない立場にある。次期家元である私が縁を結ぶ家は、すなわち、相山流が縁を結ぶ家なのだ。私の結婚には、相山流の未来の発展がかかっていると言っていい。君の立場については充分に考えよう。生活面での援助は充分にするつもりだ」

宗順は、九門京子を愛人として囲うつもりだったのだ。

九門京子は宗順を憎んだ。

心から愛しながらの憎しみは、何にも増してすさまじいものになる。

九門京子は、稽古日に相山流道場へやってきた石原健悟と口論をするうちに、ふたりの男への復讐を固く誓ったのだという。

「私が見かけたのは、そのときのことだったんですね」

私は九門京子に言った。

「そうです。わたくしの最大のミスは、あなたが石原健悟の顔を見たのかどうか確かめずに、そのまま放っておいたことでした」

「具体的にはどういう計画を立てたんですか」

秋次郎が訊いた。

「わたくしは、今度こそはっきりと話をつけようと石原健悟に持ちかけました。日曜日の茶会で宗順先生を交えて話し合おう……。そう言ったのです」

「そして、石原健悟はやってきた……」

「彼は宗順先生とさっそく言い争いを始めました。ひとしきりふたりはやり合っていました。そのうち、宗順先生は、石原健悟の相手をすることの無意味さに気づかれたようでした。わたくしは、こう申し上げました。とりあえず、お茶を一服上がっていただいてはいかがですか、と」

「ふたりは、それを承知したわけですね。兄貴にとっては、口論を中断するいい口実となったわけだ」

「わたくしは、宗順先生に代わって、石原健悟にお菓子を出しに席へ行きました。宗順先生はお水屋です。わたくしはそのときに、朝から用意してあった包丁を石原健悟に手渡しました。彼はとても驚いた様子でした。わたくしは彼にささやきました。本当にわたくしを取りもどしたいのなら、この包丁で宗順を一突きして欲しいと。石原健悟はもちろんためらっておりました。わたくしは、さらに申しました。何も殺して欲しいと言っているのではない。けがを負わせて、あなたの恐ろしさを宗順先生に見せつけるだけで充分だ、と」

「それで、石原健悟は覚悟を決めたわけですね。殺す気があろうがなかろうが、刃物を持った人間がかかっていけば、兄貴は咄嗟に秘伝の技を使ってしまう。そして、秘伝の技は手加減がきかない。石原健悟は確実に殺されてしまうというわけだ」

「どちらでもよかったのでございます」

「はい……。もし、宗順先生が秘伝を使わずに、石原健悟に傷を負わされたとします。石原健悟は、傷害罪の現行犯となり、宗順先生は、私の怨みの刃を受けることになります」

「だが、十中八九、兄貴が秘伝の技を使うということを、あなたは読んでいましたね」

「はい……」

私は、身の毛がよだつ思いだった。能面のような九門京子の内面でうずまく黒々とした怨念が恐ろしかった。

ヒステリックに取り乱すのではなく、静かに計画を進める、その冷静さに不気味なものすら感じた。

私自身、女でありながら、九門京子が見せた本当の女の恐ろしさに身ぶるいしたのだ。

秋次郎は言った。

「結果はあのとおりでした。兄は秘伝の技を使ってしまった。兄は、警察に、あくまで石原健悟が自分で転倒して、その拍子に自分自身を刺してしまったと主張していました。もし、警察が開祖伝説や秘伝の話を知らなかったなら、その訴えは通ったかもしれません」

「秋次郎さまのおっしゃるとおり、開祖伝説や秘伝のことを警察に話したのはこのわたくしです。警察は、石原健悟の死が宗順先生の手によるものだということを知ったわけです。思ったとおり、宗順先生は逮捕されました」

私は言った。

「宗順先生が逮捕されることが目的だったのですね。逮捕されることで、宗順先生の社会的立場には決定的に大きな傷がつくことになります」

九門京子はうなずいた。

「わたくしは復讐を果たしました。わたくしはすべて目的を果たしたのです」

九門京子のどことなくみち足りた印象の理由がこれでわかった。

秋次郎は考え込みながら言った。

「話を聞くと、石原健悟はまったくの犠牲者のように思えますね。彼は、利用され、死んでいった……」

九門京子が秋次郎を見すえた。冷たい怒りの色があった。

「石原健悟が自らその方法を選んだのです。わたくしが刃物を渡したとき、きっぱりとそれを断ることもできたのです。彼は偏執狂のようでした。自分の欲しいものを手に入れるためにはどんなことでもする男です。わたくしがあの男からどんな精神的苦痛を強いられたか——いくらお話ししても、おわかりにはならないでしょう」

秋次郎は、うなずき溜め息をついた。

「僕はあなたを責める気はありません。さっきも言ったように、力になりたいのです。これは嘘じゃないし、話を聞き終えた今も、気は変わっていません。と同時に、僕は兄貴も助けたい。それはわかってもらえますね」

九門京子は目を伏せた。

「そう思われるのが当然ですわね。わたくしの書いた脚本どおりに芝居は進み、そして幕は降りました。わたくしはもうこれ以上望むものはありません」

「警察へ行ってすべてを話しませんか。こちらから出頭すれば、それだけ罪を軽くできるかもしれない」

九門京子は何も言わなかった。

静かに障子が開いた。

私たち三人は、驚いて障子のほうを向いた。

安積刑事が立っていた。

そのうしろに中野刑事の姿も見える。

三人は凍りついたように刑事を見つめた。

私は驚きのあまり、いったい何が起こりつつあるのかまったく理解できずにいた。

安積刑事が言った。

「九門京子さん。武田秋次郎氏の言うとおり、今の話をもう一度警察でしていただくことになりそうですね」

2

九門京子はまったく取り乱さなかった。膝に手を置き、ひっそりとすわっているだけだった。

安積刑事は、現れたときのままの恰好で言った。

「武田宗順は、取り調べに際して、あなたの名はひとことたりとも出そうとはしなかった。ま、それがどういうことなのか、不粋な俺にゃさっぱりわからんがね」

九門京子は初めて苦しみに耐えるような表情を浮かべた。

彼女はささやくように言った。

「いつか必ず、こういうときがくると思っておりました。目的を果たすには、何かを犠牲にしなければならないときがあります」

これまでの半生を傾けて手に入れた茶人としての立場を犠牲にしたというのだろうか。

宗順への復讐は、それほど大きな犠牲をはらってまで成し遂げなければならないものだったのだろうか。

私は九門京子の宗順への怨みの大きさ、そして、その裏にある愛情の深さを思いやった。

だが、とても理解できそうになかった。

九門京子は、顔を上げた。

「ごいっしょいたします」

その口調には、どこかさっぱりとしたものさえ感じられた。

彼女が立ち上がると、安積刑事と中野刑事が道をあけた。

「待ってくれ」

秋次郎が言った。

安積は、振り返った。秋次郎を一度見やった彼は、中野刑事に先に行くように顎でうながした。

中野刑事と九門京子は部屋を出て行った。

安積は両手をズボンのポケットに差し込み、足を肩幅ほどに開いて立っていた。

秋次郎はその安積を睨みつけた。

「捜査令状は持っているのか？　でなければ、家宅侵入罪であんたを訴えることになるかもしれん」

安積刑事は、無言でふところに手を入れ、四ツ折りにした紙を取り出した。それを開げて秋次郎に向かって掲げた。

「なるほど、捜査令状を手に張り込んでいたというわけか。九門京子を直接訪ねないのはおかしいと思っていたんだ」

「おおせのとおり、この家にはふたりの刑事が張り込んでいた。何か必ず動きがあると思っていたんでね。まともにいっても、とても尾っぽを出すタマじゃないんでね、あの九門京子という女は。案の定、あんたらふたりがこの家へやってきた。知らせを受けた俺たちは、署から車を飛ばした。車でここまでかかっても七、八分だ。話はほとんど聞くことができたよ」

「これがあんたのやり方なのか……。こうやって強引に容疑者を逮捕していくやり方が……」

安積刑事は表情を変えなかった。

「逮捕？　あんたは何か勘違いをしてるんじゃないのか？」

「どういうことだ」

「九門京子は良心の呵責（かしゃく）に耐えかねて、俺んところへ、何もかもぶちまけにきたんだよ。つまり、彼女は自首してきたわけだ。俺は、署までの道案内をするだけだ」

秋次郎は絶句した。

ふたりの男はしばらく睨み合ったままだった。

「話はそれだけか」

安積刑事は言った。

「ああ……。どうやら、あんたのほうが役者が一枚上のようだ」

安積刑事は何も言わなかった。

彼はくるりと背を向けて、足早に去って行った。

パトカーが到着し、制服警官が九門京子の家屋をロープで封鎖し始めた。

私と秋次郎は、雨のなか、黙ってその様子を眺めていた。

秋次郎の傘が動いた。

「行こうか」

私は、傘の下から秋次郎の顔を見上げた。

「どこへ？」

「オヤジに知らせておかなくちゃな。いっしょにきてくれるとありがたいんだが」

私もひとりにはなりたくなかった。

家元に会いたい気持ちもあった。

私はうなずいた。秋次郎が先に歩き始める。私があとを追い、やがてふたつの傘が並んだ。バス通りへ出るまで、ふたりは何もしゃべらなかった。

私は、ふと思った。相山流道場へ通うために、九門京子はこの道を毎日のように歩いたのだと。

意外に冷めた思いで、小路のたたずまいを見ていた。やるせなくてたまらなくなるのではないかと思ったが、私は自分で驚くほど無感動だった。

相山流道場がある二階堂まで向かうバスを待ちながら、秋次郎が私に尋ねた。

「何を考えていたんだ」

どう答えていいかわからなかった。

ひどく自分が、間の抜けた人間のように思えた。

「人間て、ずいぶんと短時間のあいだに、ショックに慣れちゃうもんだなと思って……」

「うん……？」

「私、宗京先生の話を聞いて、もっともっとびっくりしていなければならないんじゃないかって気がして……。宗順先生の逮捕のときはほんとうにショックだったんです。それが、今は、それほどでもなくて、むしろ冷静に自分の心の揺れ具合を測っているようですらあるんです」

「慣れたんじゃなくて、麻痺（まひ）しているのかもしれない」

「麻痺……？」

「人間の精神というのは、もろいようで案外強いのかもしれない。大きなショックが続くと、精神が破綻（はたん）してしまうまえに、自動的に刺激を遮断（しゃだん）してしまうようなメカニズムが働くんじゃないかな。心理学には詳しくないんで専門的なことはわからないがね」

「そうかもしれません……。でも、なんだかずるいような気がします」

「そんなことはない。生きていくために大切な心の働きだと思うよ」

ひどくやりきれない気がしてきた。

こうやって淡々と目のまえの出来事を眺めているだけでいいのだろうか。

刑事の足にすがりついて泣いてみたり、九門京子と大声で議論したり、秋次郎にやりどころのない怒りをぶつけてみたり……。

そういう行動を取るほうが、より人間的なのではないだろうか。

私は、テレビドラマや映画のワンシーンを想像するように、自分のそんな姿を思い描いてみた。やはり、実感がともなわず、心が寒々としてくるだけだった。

私は今、悲しんでもいなければ怒ってもいない。それが事実なのだ。

そんな自分がもどかしかったのだ。

「秋次郎さんは、どんな気持ちなんですか」

「俺かい?」

彼は、雨に濡れた車道を眺めていた。

「そうだな……。何だか、ぽっかり穴があいちまったみたいな気分だな」

いろいろな表現があるものだ。私は、ぼんやりとそんなことを考えた。

家元は、秋次郎の報告を黙って聞いていた。

秋次郎の話は、実に簡潔で、しかも重要な点は何ひとつ欠けていなかった。

私はまったく補足する必要がなかった。私は、ここでも秋次郎の新しい一面を発見したような気がした。

普段はいかにもいいかげんな性格を装っているが、何かを説明したり報告したりする秋次郎は、きわめて有能になる。

とても頭がいい男だという印象を受けたのだ。

これまでも、頭の良さを私に披露したことはあった。しかし、私の関心がよそにあったせいだろう。

こうして、第三者として秋次郎の説明を聞いていると、驚かずにはいられなかった。

家元は、秋次郎の報告を聞き終わっても、口を開こうとしなかった。

腕を組み、畳を見つめ、何事かしきりに思案している。

私は、家元が何か言ってくれるのを切実な気持ちで待った。

家元が醸(かも)し出す雰囲気と、優しさに満ちた言葉に包まれたいと思った。

家元はひとつ大きく溜め息をついた。

「秋さんや」

「うん……？」

「正直に言ってくれ」

「ああ」

「やはり、この私の責任だろうか」

秋次郎は長い間をとってから答えた。

「誰の責任でもありゃしないよ。この事件は、複雑にからみ合った人と人の情が起こさせたんだ。誰にも止めることはできなかったんだ」

「だがな、私が宗順に、宗京さんのことで何かひとこと言っておれば……」

「ひとこと言ったくらいじゃどうにもならなかったさ。宗京さんは、本当に兄貴が好きだったんだ。一方、兄貴のほうは、菱倉との縁談にことのほか熱心だった」

「秋さん、おまえはこの事件が誰の責任でもないと言った。だが、法は、ふたりを裁くのだろう」

「実際に、人ひとりが死んでいるんだからね。しかたのないことだ」

「なるほど……。このままでは、石原健悟氏も浮かばれない……。しかし、考えてみれば、宗京さんだってかわいそうな人だ。あの人は、もう十二分に悩み苦しんだはずだ。宗京さんだって犠牲者ではないかね。私はそう思うがね」

「刑法じゃその言い分は通らないよ」

「いったいどんな罪でふたりを裁こうというのだろうな」

「兄貴の場合、考え得るのは過剰防衛だろうな。兄貴は明らかに不意を襲われたんだ。秘伝の解釈によっては、正当防衛が成立する可能性がないわけじゃない。ただ、そこで問題なのは、兄貴が石原健悟をどう思っていたか、ということだ。わずかでも『殺したい』などと思っていたとしたら、検察は殺人罪を適用したがるだろう。つまり、たとえ、ごくわずかであれ、そこに『故意』があれば、殺人罪は成立するわけだ。逆に言えば、故意でなければ、殺人罪では裁けないということだがね」

「宗順のやつは石原健悟を憎んでおったのだろうな」

「どうかな。多分、プライドの高い兄貴のことだ。相手にしていなかったと思うよ。ただ、宗京さんとのスキャンダルを暴露すると言われて、カッときたのは事実だろう。たぶん、言い争いの原因はそこにあると思う。石原健悟と言い争いをしたというのは、確かに兄貴にとって不利だな」

「殺人罪と過剰防衛とではえらい違いだが、そんな微妙な点で左右されてしまうのか」

「だいじょうぶ。そのために弁護人がいるんだ。問題なのは宗京さんのほうだ。宗京さんには、兄貴と石原健悟のふたりに対して害意があったのは明らかだ。石原健悟が刃物で兄貴に襲いかかれば、兄貴が秘伝の技を咄嗟に使うということを、彼女は知っていた。そのうえで、彼女は石原健悟に刃物を渡し、兄貴に襲いかかるようそそのかしたわけだ。彼女は明らかに故意だった。故意に人を死なせた場合、実際に手を下したか否かを問わず、殺人罪は成立するんだよ」

家元は、眼を閉じた。

腕を組んだまま、じっと苦しみに耐えるような表情をしている。

秋次郎も、下を向いたまま口を閉ざしてしまった。

沈黙はやりきれなかった。

どんな言葉でもいい。事務的なやりとりでもいいから家元の声を聞いていたかった。

確かに、家元の声には鎮静効果があった。

長年人格を磨き続けた人だけが出せる深く静かな響き——それが、聞く人の心をなごませるのだ。

私は、ただ、ふたりの会話を引き出したくて、思い切って言った。

「安積刑事は、宗京先生が自首をしたということにしてくれました。自首をすれば、罪が軽くなるというのは、本当なのでしょう?」

秋次郎は顔を上げて、私を見た。次に家元のほうを向いて言った。

「そうだ。そのことをまだ話してなかったね。彼女の言うとおり、安積という刑事が気を利かせてくれたんだ。宗京さんは自首をしたということになっているはずだ。刑法では『罪を犯してまだ官憲に発覚しないうちに自首した者については刑を減軽することができる』と規定されている。この『まだ官憲に発覚しないうち』というのは、犯罪そのものが知られていない場合だけでなく、事件は発覚していても、犯人がまだわかっていないという場合も含まれるんだ。だから、宗京さんの自首というのは罪を軽くする大きな要素になる」

家元は眼を開いた。

「ありがたいものだな」

「何がだい？」

「犯罪の捜査というのは非情なものでなくてはならない。関係する人々はどうしても殺伐とした気分になるものだ。そんななかで、人の情けに出会えるということは、ありがたいものだと思ってな」

「オヤジは人が好すぎるよ。警察なんてそんな甘いもんじゃない」

「じゃあ、どうして安積という刑事は、そんな気を利かせたのかな」

「何かの作戦かもしれない。今後の取り調べをやりやすくするために恩を売った形にしておくとか……。俺たちの証言を得やすくするために心証をよくしようと考えたとか……。まあ、いろいろあるだろう」

「秋さんや、私はものごとをそういうふうには考えたくないんだよ。どんなに小さなことでも、感謝できることには素直に感謝したい。あるいは、秋さんの言うとおりかもしれない。しかしな、ことによったら、安積という刑事は、宗京さんの罪を少しでも軽くしようと、職務のルールを犯してまで懸命になってくれているのかもしれんだろう。そのどちらであるか、私らにはうかがい知ることはできん。だが、考えてみてくれ。安積という刑事が『宗京さんは自首をした』と言ってくれたことで、私は闇のなかに、ほのかな光を見たような気がした。それは事実だ。ほんのわずかではあるが、私の心は、その話を聞いてなごんだのだ。そのことだけを取ってみても、私はありがたいことだと思うのだよ」

「あとで手ひどく裏切られるかもしれないいんだよ」

「そのときは、思いっきり憎めばいい。だが、裏切られないかもしれん。長い間生きてきて思うんだがな、秋さんや、喜ぶべきときに素直に喜んでいると、裏切りなどたいしたものではなくなるような気がするんだ。まだ起こってもいないことにびくびくしていると心の器が小さくなる。そんなときに裏切られると、本当に怨みが残る。心の器から憎しみがはみ出してしまうんだな。猜疑心は人間を小さくする」

「理屈じゃわかるような気がするがね、どうも、俺はそこまで割り切れない」

「私だって割り切っているわけじゃない。ただ、うれしいときには素直にうれしいと言いたいだけだ」

父と子でこんな会話ができるものなのだろうか。

私は自分と父親との関係をふと考えてみた。日ごろ、会話らしい会話などしていないのに気づいた。

男同士ということがあってこのふたりは気さくに話ができるのだろうか。ただそれだけではない気がする。

私が男だったとしても、父親とはこれほどの会話はできないと思う。妙に照れてしまうのだ。親のほうも話を始めると、どこか気恥ずかしそうに新聞などを開げてしまう。

秋次郎が家元を尊敬しているのは明らかだ。そして、家元は秋次郎にある種の安らぎを見いだしているようだ。

この親子は、現代社会のなかでは特殊な部類に入るのかもしれない。やはり、家元の態度が大きくかかわっているようだ。

息子に対して、これだけ素直に自分の考えをぶつける父親も珍しいだろう。

そして、その態度は、そのまま私たち相山流の弟子に対する姿勢でもあった。

家元は宗順ともこうして語り合うことがあったのだろうか。

家元と宗順の間には、こうした素直な交流は、なかったのではないだろうか。私は、なぜかそう感じていた。

「まあ、こういうことは言えるかもしれない」

秋次郎が言った。

「宗京先生は、確かに殺人罪に相当する罪を犯したかもしれない。しかし、充分に情状酌量の余地がある。それを捜査当局は認めている。安積刑事の行動はそのあらわれのひとつである、と……」

「そうでなくてはな……。法も、人のためにあるものだろうからな」

「法は人のためか……。俺もそう思いたい」

秋次郎は、独り言のようにつぶやいた。

家元は、私に向かって言った。

「昼食はお済みですかな」

「あ……、いいえ……」

「忘れてた」

秋次郎が言った。

「俺は朝から何も食ってないんだ。彼女も、午前中から俺といっしょだから昼めしはまだだ」

「それはいかん」

家元はほほえんだ。

実に久し振りに人のほほえみを見たような気がした。

「空っぽの腹の底から邪念が湧くということもある。食事を用意させよう。食べていかれるといい」

「あ……いえ、私、失礼します」

「遠慮しなくていいんだ」

秋次郎が言った。

「どうせたいしたものは用意できない。いつも男ばかりで食事してるからね、たまには女の人といっしょに食べたい」

「時間があるなら、そうしていってください」

家元が言う。

家元の誘いには、断るのがかえって申しわけなくなるような不思議な力がある。

「それでは、お言葉に甘えることにいたします」

ついさきほどまで、食事などまったく喉を通らぬ気分だった。

ふと気がつくと、私は空腹感を覚えていた。

このふたりのおかげで、こちこちに固まっていた心が、いつの間にかもみほぐされていたのだ。

3

食事が運ばれてくると、家元は座を立った。

「私は、ちょっと用があって出かけなければならない。小高さん、どうぞゆっくりしてらしてください」

「ありがとうございます」

「そうだ、秋さんや。せっかくだから、あとで茶を一服点てて差し上げてはどうかな」

「俺が？　冗談だろう」

「そうか……。まあ、好きにしなさい」

家元は部屋を出て行った。

食事をすますと、時計は三時を回っていた。

「秋次郎さんも、お点前ができるのですか」

私は何気なく尋ねた。

秋次郎は苦笑を浮かべて言った。

「俺だって家元の息子だよ。まあ、人に見せられた点前じゃないがね」

考えてみれば当然だった。家元を継ぐのは長男と決まってはいるが、だからといって次男に茶の手ほどきをしないはずがなかった。秋次郎に茶の心得があって当然だ。

秋次郎の部屋の書棚には、茶に関する本が並んでいた。茶に関して知識が豊富なのは知っている。

しかし、どうしても秋次郎と茶室とはイメージが結びつかなかった。

「どうして秋次郎さんは、お茶室に近づこうとなさらないのですか」

「そんなつもりはないがなあ……」

「だって、相山流のお弟子さんのなかで、秋次郎さんのお顔を知っているのはごく限られた人たちだけなんですよ」

「茶にもいろいろあってね」

「え……？」

「例えば、兄貴が考えているような、社交性の強い茶というのがある。もともと茶の湯というのは、客をもてなすためのものだから、それはそれでいいと思う。そして、社交的な茶というのは、今の世の中にマッチしているんだ。相山流を大きくするためには、この要素がとても大きな意味を持つんだ。わかるかい」

「はい」

「たしなみとしての茶道という考え方もある。年ごろの娘さんたちが、茶を習うのはそのためだろう。いちおうのルールと恰好さえ覚えればそれで満足というやつだ。兄貴は、そういう門弟の募集にも熱心だった。数は勢力を意味するからね」

私が茶道を始めた動機も、この「たしなみとしての茶」程度のものだったと思う。

「だが、僕はそのどちらにも興味がない」

「じゃあ、秋次郎さんは茶道のどんな面がお好きなのですか」

「言葉にしてしまうと軽く聞こえるだろうが、芸術としての茶、あるいは哲学としての茶、というところかな。だからこそ、茶の湯は茶道になったんだ。道とは、真理の探究のことを言うんだ。だが、俺が考えているような茶は今風の茶道界の流れにそぐわない」

「そう言い切ってしまっていいのかしら。秋次郎さんと同じように考えてお茶を学んでいる方は大勢いると思うんですけど……」

「いるだろう。だが、例えば茶の道のピラミッドを少しずつ登っていくと、必ず壁にぶち当たる。何人か弟子を持つようになると、これくらいの道具が必要になる、とか、定期的に茶会を催して勢力を誇示しなければならないとか……。面倒なことが増えてくるんだ。そのうちに、派閥みたいなものができて、大奥とか源氏物語の世界のように、少数派いじめが始まったりする」

そういう噂は聞かないでもなかった。

毎年、中元・歳暮の季節には、どこからどこへどのくらいのものがとどいた、などという話を、師範クラスの門弟が本気で囁き合っているという。

茶の世界の話を始めた秋次郎はどこか淋しげだった。

「まあ、いいじゃないか、そんな話は」

秋次郎は立ち上がった。

「庭へ出てみないか。いま時分から夕方にかけてがいちばんきれいなんだ」

「ええ」

私は秋次郎のあとに続いた。


雨はすでに上がり、西の空が明るくなっていた。

茶室の庭は、築山を丸く刈り取ったり、人工の池を作ったりといった作為一切を嫌う。

野の花がそこに咲くように、山の木がそこに茂るように、岩清水がそこに湧き出るように、自然の姿を切り取ってくるのを理想としている。

だからといって、野山とまったく同じでは庭としての価値はない。

常に掃き清められていなければならないのだ。

しかもただ掃除をすればよいというものではないらしい。

利休の修業中の逸話のひとつとして、路地の掃除という話が伝えられている。

利休がまだ修業中の身で与四郎と名乗っていた時代のことだ。

ある日、利休は武野紹鷗(じょうおう)に路地の掃除を命じられた。

利休は、路地のすみからすみまでを掃き清め、満足したところで、紹鷗に点検を願い出た。

ちりひとつ落ちてない庭だ。誰が見ても手を抜いていないのは明らかだった。にもかかわらず紹鷗は、利休にもう一度掃除しろと命じて、奥へ引っ込んでしまった。

利休は、箒（ほうき）を持たずに庭に降りた。

一本の木に近寄ると、彼はその木を揺すった。

四、五枚の葉が掃き清められた地面の上に落ちる。

そこで、利休は再び紹鷗を呼んだ。

紹鷗は、庭を一目見て、与四郎は侘（わ）びの心を知っていると感心したという話だ。

庭上の数枚の落ち葉は、清掃した庭の清らかさを強調すると同時に、庭に季節感を与えたのだ。

その後、利休は、路地の掃除について次のように指導したという。

朝茶の場合には前夜よく清掃してそのままにしておく、夜会には昼ごろ掃いて、あとは自然にまかせておくというのだ。

今、目のまえにある庭も、利休の教えを忠実に守っているように見えた。

私と秋次郎は縁側にすわって庭を眺めていた。

黙っていると、自然に事件のことが頭に浮かんでくる。

「これで一件落着と警察は思っているのかしら」

ぽつりと私は言った。

「当然そうだと思う。事故として処理されそうだった事件を一転して、殺人事件にしてしまったわけだからな。事故当局も鼻高々だろう。宗京先生の自白が取れたら、捜査本部で祝杯でも上げるつもりだろうな」

「私が宗京先生のところへ行こうなんて言い出さなければ、宗京先生はまだつかまらずにいたのですね」

「まだそんなことを考えているのか。遅かれ早かれ、宗京さんは、しょっぴかれることには変わりなかったんだ」

「そうでしょうか……」

「そうさ。安積刑事も言っていたろう。宗京さんの家には常に張り込みの刑事が付いていたって……。俺たちが訪ねて行ったことで、確かに宗京さんが警察へ連行されるのが早まったかもしれない。でも、それはかえってよかったことだったんだ」

「自首という形にできたからですか」

「そう。捜査本部では、おそらく宗京さんの容疑は確定していなかったに違いない。もし逮捕状請求が出されたあとだったりしたら、自首は成立しなかったんだからね」

「警察はいつごろから宗京さんを疑っていたのかしら……」

「おそらく、あの安積という刑事は、最初の尋問で怪しいと思っていただろうな」

「え……」

「君を協力者にしたがったのもそのためだろう。君は、宗京先生の弟子だ。事件が起きたとき周囲にいた人間で、犯人ではなく、しかも宗京さんと近しい間柄にある君は、利用するのにもってこいだったんだよ」

「私が隠し事をしているということを知ったうえで……」

「もちろんだよ。だからこそ、君は利用しやすかったんだ。おどすもおだてるも自由自在という気持ちだったろうね。あの安積という刑事は」

「何だか怖いわ。秋次郎さんの言い方だと、安積刑事は、最初から何もかもお見通しだったみたいじゃないですか」

「そうだったと思うね。刑事というのはそういうものだ。優秀な刑事の第一印象はほぼ的中するという話だ。だから、彼らは第一印象をものすごく大切にする」

「それならどうして事件はもっと早く解決しなかったんですか」

「犯人は勘でわかったとしても、事件のからくりがわからない。さらに、動機をつきとめ、証拠を集めるには時間がかかる。刑事の仕事っていうのは、そういったいわば説得材料を集めて歩くことなんだよ。そして、そのやり方は、刑事によって特徴がある。強引に容疑者の自白を取ろうとするタイプ、地味に聞き込みをして、しだいに輪をせばめていくタイプ。そして、犯人を巧妙な罠にかけて追い込むタイプ——僕が見たところ、安積というのは、この最後のタイプだね。頭がものすごく切れそうだ」

私は、ふと安積の優しい笑顔を思い出していた。

「私には、そうは思えません。安積刑事って何だかとってもナイーブな人情家に思えるんですけど……」

「君もどうやらオヤジの影響を受け始めたらしいな。お人よしがうつったらしい」

それでもかまわないと私は思った。

お人よしが損をするという言い方自体、損得勘定を前提とした人間の考えることでしかない。

私は、安積刑事は信じるに足る人物だと、今でも思っていた。

「何か私たちにできることないかしら」

私は言った。

「どうかな……あとは、起訴と公判が待っているだけだからな……」

「私……何かひとつ忘れているような気がして……」

「何をだい？」

「それが自分でもわからないんです。何か大切なことのように思えてならないんですけど……」

「気のせいだろう。俺の考える限りじゃ、結果はすべて出たんだ」

「ええ……」

どうにも割り切れない気分だった。何かがひとつ、ひっかかっている。

このまま九門京子が殺人犯にされてしまっていいのだろうか。

いちおう、九門京子の告白で、事件の全貌は明らかになった。今のところ、事件にかかわりがあるのは、武田宗順、九門京子、石原健悟の三人だけだ。それ以外の人物がかかわっているとは思えない。

秋次郎が言うのだから、これで事件の決着はついたのかもしれない。

にもかかわらず、私がやるべきことがまだ残されているような気がしきりにしている。

何かに気がつかなければならない――そんな思いにかられ始めたのだ。

ついさきほどまでは、ただ打ちのめされ、家元や秋次郎にすがりたい気持ちでいっぱいだった。

だが徐々に、まだ考え落としていることがあるような気分が強まってきた。

それが何であるかまったくわからない。

秋次郎ですら気づかずにいることを、私に思いつけと言っても無理な話なのかもしれなかった。

そういえば……私はふと思い当たった。

私は開祖伝説について、大切な部分をまだ聞いていない。

私のような駆け出しが、聞いてはならないものであることは充分に承知している。

だが今なら、その秘密の部分も話してもらえそうな気がした。

「あの……。こんなことは、本当は言える立場じゃないと思うんですが」

秋次郎がこちらを向いた。日の光が、赤く色づき始めて、秋次郎の顔を照らしている。

「何だい」

「秋次郎さんは、開祖伝説を特別に私に話してくださいました。でも、大切なところを話してはくれませんでしたね」

「何だ、そのことか」

秋次郎は再び眼を庭にやった。

「オヤジが何か言っていたか」

「秋次郎さんが気を遣われたんだろうって……」

「別にそうじゃない。そこまで話す必要がないと思ったから言わなかっただけだ。事実、秘伝が生まれるまでの過程は、あの話だけで充分にわかっただろう。それ以上のことは、余分なことだと思っただけさ」

「家元は、秋次郎さんが話してくださらなかった部分が、伝説の最も重要なところだとおっしゃってましたが……」

「そうかい？　俺はそんなふうに考えたわけじゃないよ。まあ、そう言われてみれば、重要な部分かもしれないな……。日本史の常識から少々はみ出すという意味ではね」

「日本史の常識からはみ出す？」

「そう。歴史の常識というのは、残されている記録によって作られていく。だが、公的な記録というのは、言ってみれば時の権力者に都合のいいようにしか書かれていない。本当のことが書かれているとは限らないんだ。あるときは、時の権力者の都合で、名前も存在も抹殺されてしまう場合がある。いい例が、相山流の開祖、武田宗山だ。彼は、ある意味で権力者にとって都合の悪い人物だった。あるいは、取るに足らぬ人物だったのかもしれないがね……。とにかく、ほとんどの歴史書に彼の名を見ることはできない。郷土史の資料に小さく載っているだけだ」

「そういえば、私も、独力で開祖伝説を調べようとして、ずいぶん苦労しました」

「そうだろう。だが、歴史というのは、一本の太い流れじゃないんだ。いくつもの支流が交わり、そしてまた分かれて現代につらなっているものなんだ。そういう意味で、旧家に伝わる伝説とか、地方の社寺仏閣に伝わる伝説というのは大切なものなんだよ。つまり、権力者によって抹殺されなかった、真実が伝わっている場合があるんだ。まあ、名を上げるために、後世にでっち上げた伝説も多いがね……。平家にまつわる伝説は、まず眉につばをつけて聞かねばならないと言われている」

「相山流に伝わる開祖伝説も、権力者に消し去られなかった歴史の支流を伝えているというわけですね」

「そう。そして、それは本流にまで大きな影響をおよぼしているんだ」

「聞かせてもらえますか。私、ぜひとも知りたくなりました」

「まったく好奇心の強いお嬢さんだ」

「ここまで言われれば、誰だって知りたくなりますわ」

秋次郎はふと真顔になった。

「さっき、君は、まだやり残していることがありそうだと言ったな。開祖伝説のすべてを知ることがそれと何か関係があるのか」

「え……」

私は当惑した。

「いえ、そんなつもりはまったくありませんでした。ただ、ふと開祖伝説のことを思い出しただけです」

「そうだろうな。今さら、残りの話を聞いたところで、事件と関係するとは君も考えないだろう」

「どうなんですか？　話してもらえますか」

秋次郎はしばらく考え込んでいた。

「そうだな……。本来ならオヤジに話を通すのが筋なんだろうが、君は、実際に秘伝を見ているしな」

「秋次郎さんのおかげで、秘伝の実験台にもされました」

秋次郎は笑った。

「いいだろう。秘伝を公開したことで、もはや相山流には秘密はなくなったんだ。話そう。俺の部屋へ来てくれないか。歴史的な事実がちょっと心もとないんで、資料を見ながらでないと正確に伝えられないんだ」

「はい」

私たちは、秋次郎の部屋へ向かった。

「このあいだはどこまで話したんだっけ」

「千利休の留守中に、柿坂留昏（るこん）という茶人が訪ねてきて、武田宗山が茶を点てることになった……。点前の最中に柿坂留昏が武田宗山に刃物で襲いかかる。武田宗山は咄嗟に反撃し、柿坂留昏は自分が持った刃物で胸を突いて死んでしまう。帰宅した利休は、その出来事を事故であると主張し通した。武田宗山は利休のもとを発ち、鎌倉に居を構えることになった。そして、柿坂留昏の一件をもとに秘伝の技を作り上げた……。確か、そこまでだったと思います」

「うん。思い出した。あのときは言わなかったが、柿坂留昏の狼藉の裏には、きわめて大がかりな政治的背景があったんだ。千利休が、武田宗山を信頼していながらも一門から追わねばならなかったのもそのためだ」

「柿坂留昏は、ある身分の高い人の屋敷に出入りしていたとおっしゃいましたね」

「ああ……。柿坂留昏というのは、茶人としても名を売っていたが、実は、忍びの間者だったと言われている」

「確か、柿坂留昏は誰かが放った刺客だったと……」

「そう。大きな政治的使命を帯びたテロリストだったと言っていい」

「その『ある身分の高い人物』というのは、いったい誰なんですか」

「太閤だよ」

「え……？」

「豊臣秀吉さ」

「柿坂留昏が武田宗山を襲ったことは、のちに、利休切腹にまで関連してくる。そして、その背景には、豊臣秀吉の朝鮮出兵の野望があった」

秋次郎は語り始めた。

年代や人名など詳しい歴史的事実については、そのつど、本を開き、確認をしながら話は進んだ。

4

千利休が秀吉から三千石の禄を与えられており、秀吉遠征の際には、戦地までも同行していたことは、さまざまな歴史書に記されている。

しかし、千利休はまた、前田利家、徳川家康などの大名からも厚遇されていた。このあたりに、千利休の自由人としての立場を全うしようとする姿勢がうかがわれる。

利休は、秀吉の身近にいる機会が多く、秀吉も、利休の茶席で密談をすることが少なくなかった。そのため、利休は政治的な情報にかなり通じていた。そればかりか、秀吉は利休を秘書扱いにして、大切な政策について相談を持ちかけることさえあったという。

千利休が比較的早期に秀吉の朝鮮出兵の意思を聞かされていたとしても不思議はない。

千利休といえば、当時第一の文化人だ。彼のもとにはさまざまな人々が出入りした。堺の豪商のなかには世界の国々の動きに通じている者もいた。

利休はそれらの人間から、日本の兵力と朝鮮、明国との兵力の歴然たる差を聞かされていた。

朝鮮出兵は、いたずらに国力を疲弊させるだけで、益するところなしと利休が考えたのもうなずける。

さらに、千利休のもとには堺の豪商たちの反戦の嘆願があったとも言われている。当時堺の町はおおいに繁栄していた。しかし、大陸への出兵となると、その拠点となるのは博多だ。商人たちは、堺の町の衰退を恐れていたのだ。

利休は堺の商人たちの勢力をバックにのし上がってきた。堺の衰退は、利休自身の勢力の衰退でもあったわけだ。

利休は、朝鮮出兵には断固として反対であり、何とか阻止しようと考えていたのだ。

だが、秀吉の性格をよく知っている利休は、正面切って異を唱えるわけにはいかなかった。

　全国の覇者となった太閤秀吉は、恐ろしく傲慢な人間になっていた。さらに、年を取るにつれ、頑固さにいっそう磨きがかかり、他人の言うことに一切耳を貸そうとしなくなったのだ。人を人と思わぬところがあり、実に簡単に人を殺すようになった。秀吉に気に入られている利休ではあったが、秀吉の気分ほどあてにならぬものはないと考えていた。とにかく、わがままが服を着て城におさまっているようなものだ。わずかな心の行き違いで、首が飛ぶことだって充分に考えられる。

　大名のなかでも、朝鮮出兵に反対の者は多かった。戦費と人員を都合し、差し出さねばならないからだ。

　前田利家、徳川家康も反対派だった。

　千利休は、この二大大名と密かに通じ、出兵反対の勢力をまとめ上げようとしていた。

　利休は、豊臣秀吉から禄をもらう身で、しかも、秀吉は利休を自分の秘書役ほどに思っていたから、利休は何かにつけ秀吉に呼びつけられることが多かった。利休は自由に動き回れない身だったのだ。

　そこで利休の名代として働いたのが武田宗山だった。

　宗山は武士の家に育った者であり、大名たちと密会する類の隠密行動にも有能さを発揮した。出兵反対派の組織化は次第に形を成しつつあった。

しかし、当時、すでに老いのためか猜疑心に凝り固まっていた秀吉は、ほうぼうにおびただしい数の間者を放っていたのだった。

利休のもくろみは間者に嗅ぎつけられ、やがて秀吉の耳に入ることになる。

老獪な秀吉は、利休の留守を狙い、宗山に刺客を放った。そうしておいて、利休の出方を見ようというのだ。

この刺客が柿坂留昏だった。


「――あとはこのあいだ話したとおりだ。柿坂留昏は、武田宗山に返り討ちに遭う。そして、利休は事故だということでこの一件を片づけてしまった。秀吉は、まさか自分が柿坂留昏を送り込んだとは言えない。黙っているしかなかったんだな。千利休は、そこまで読んでいたのだろう。柿坂留昏が秀吉の間者であることも知っていたんだ。この事件が起きたのが、天正十八年、つまり一五九〇年の十一月、武田宗山はその年のうちに、自分から利休の一門を離れることを願い出て、先祖ゆかりの地、鎌倉へとやってきたわけだ」

「恩師に迷惑をかけるのを恐れたというわけですね」

「そう。そして、同時に自分の身の危険も感じたわけだ。秘伝の技を練ったのも、命の危険にさらされているという危機感があったからだと思う」

「その危険が子孫にまでおよぶことを考えて、代々の家元に技を伝えたというわけですか」

「宗山自身はそのつもりだったろうな。だが幸運にも、その後相山流の家元が襲われるということはなかった。だから、いつしか秘伝は、いわば相山流の精神的な支えとして伝えられるようになったわけだ。一方、煮え湯を呑まされたままの秀吉が黙っているはずがない。秀吉は、自分が放った間者を弟子に殺させ、しかも、その弟子を落ち延びさせてのうのうとしている利休が憎くてたまらなくなった」

「わがままな晩年の秀吉の性格を考えると、何かあって当然ですね」

「そんな秀吉の気持ちを利休ははっきりと知ることができた。利休は、自分の余命がいくらもないことを知ったのか、年が明けて天正十九年――一五九一年に、引き続いて昼夜茶会を催して、諸将、茶人などを招いている。その回数は百にもおよんだので、後に『百会茶事』と呼ばれている。この『百会茶事』の最後の客が徳川家康だったんだ。この長い一連の茶会が何の目的で催されたか容易に想像がつくだろう」

「朝鮮出兵反対の勢力を大急ぎでまとめ上げようとした……」

「そう。この百会茶事が終わるころには、秀吉と利休の仲はたいへん険悪になっていたと一般の歴史書にも書かれている。秀吉の怒りは決定的なものになった。宗山に危害は及ばなかったが、利休が犠牲になったわけだ」

「それが、利休切腹の真相ですか……」

「そう。秀吉はどうしても利休を生かしてはおけなかった。だから、大徳寺の山門に利休の像を作り、自分にその下を歩かせたのはけしからん、とか、茶の道具の価値をいいように決めているのが許せんとかくだらない言いがかりを並べ立てて、家臣の富田左近に利休を追わせた。利休は、秀吉の怒りの本当の理由を知っているから、すでに逃がれようがないものと覚悟を決めたんだな。そして、その年、つまり天正十九年二月二十八日、自分の屋敷で切腹したわけだ」

「ひどい話だわ……」

「秀吉は、政略的にも、利休を殺しておく必要があったんだと思う。つまり、朝鮮出兵に反対し、いろいろと画策していた利休を死に追いやることで、自分の出兵の決意の固さを世に知らしめたんだな。利休は、国論統一のための犠牲でもあったわけだ」

「わがままで執念深いけど、そう考えると豊臣秀吉の政治的手腕はやはりたいしたものだったんですね」

「そうだな。利休が没した翌年、文禄と改元されて、ついに秀吉は朝鮮に打って出るわけだ」

「殺された柿坂留昏に子孫はいたのかしら……」

「え……？」

「秀吉の怨みは千利休に向けられたわけですよね。政治的な配慮からいっても、それは当然だったと思います。でも、もし柿坂留昏という茶人に子孫がいたとしたら、その怨みは直接武田宗山に向けられるんじゃないでしょうか」

「待ってくれ。どこかにメモしてあったはずだ」

秋次郎は、何冊かノートを引っぱり出してめくり始めた。

「そのノートは……」

「ああ……相山流の歴史について、僕なりに調べたことをまとめてあるんだ。もっとも、オヤジから聞いた話に、歴史的な裏づけをしているだけだがね」

私は、秋次郎の相山流に対する熱意を、垣間見た気がした。おそらく、秋次郎がこんなノートを作っていることなど、弟子たちは誰も知らないだろう。

秋次郎は茶道と相山流を愛している。私はそう確信した。

「あった。これだ」

秋次郎が言う。

「武田宗山は、やはり秘かに柿坂留昏の身辺を調べていたようだ。それを手がかりに、堺の郷土歴史家が調べた記録が残っていたそうだ」

「子孫がいたんですね」

「ああ。留昏には清正という子があったが、留昏の死後、家臣によって京都の久遠寺にあずけられたという。当時、清正は九歳だった。多分、家臣がいざこざを恐れたんだろう。一流の文化人だった千利休の屋敷で刃物を抜くというのは大変なことだからな。その後、徳川家康の治世となり、清正は還俗している。そして、二十五歳で堺にもどり、ある豪商の婿養子になったと伝えられている。柿坂留昏の子孫についての記録はそこまでだ。その後、どういう名を名乗っていたのか、子孫がどういう一族を築いていったのか、一切伝わっていない。まあ、歴史の流れからいくとちっぽけなことだからね。そうそう。そういえば、柿坂留昏は『斑雪（はだれゆき）』と銘（な）づけられた唐物の名茶器を持っていたそうだ。その茶器が代々子孫に受け継がれているだろうという話を聞いたことがある」

「茶器がですか……」

「たかが茶器と思うかもしれないが、特に唐物は、当時、宝物のような値うちものだったんだ。織田信長は、堺の貿易商から名器を収集するのに熱心だったと伝えられている。信長は、本願寺などとの戦いの終わりに際して、茶器を交換して講和の印としているくらいだ。秀吉は、武将の勲功に対して、領地のほかに茶器を与えたことがしばしばあったと言われている。おそらく留昏の『斑雪』も、秀吉から贈られたものだろう。これはもう家宝と言っていい」

「へえ……」

「さらに、徳川幕府が地盤を固めてしまうと、もう手柄を立てた人間に与える領土がないわけだ。そこで、徳川幕府も、名器や名刀などを与えることを褒賞の方法としたわけだ。幕府から与えられた茶器をなくして、家中、上を下への大騒ぎをする大名もいたという。芝居にはよくある話だが、実際にもたまにあったことらしい」

「茶器がただの茶の道具なのではなく、勲章や領土と同じくらいの価値があったというわけですね。それなら、茶器が代々伝わるという話もうなずけますね」

「これで知ってる限りのことは話した。満足したかね」

「ええ……。ありがとうございました」

「ただ、くれぐれも言っておく。君だけに特別に話したんだ。秘伝や開祖伝説を、今後、一般にも公開するかどうかは、オヤジも決めあぐねているんだ。他言は一切無用だ。いいね」

「はい。わかっています」

「どうだい。開祖伝説をすべて聞いた感想は」

「たいへんなことを聞いちゃったな、というのが正直なところです」

「そうかもしれないな。俺は小さなころから何度か聞かされているから、それほど驚いたことはなかった。むしろ、日本史を学校で習ったときのほうが違和感があったね。何というか、幼な心に漠然と想い描いていた秀吉や千利休のイメージと、学校で教える人物像がえらくかけ離れていたんだ」

「そうでしょうね。私、今まで学んできた歴史というのが何だかわからなくなってきたわ」

秋次郎は笑った。

「何か新しい発見があるたびに歴史は塗り変えられていく。記録がほとんど残っていないような時代のことになると、学者によって言うことがまちまちだったりするわけだ。時代によっても、一般の人々に教える歴史の内容は変わってくる。戦前や戦中の歴史教育を見るといい。今は、自由にものが言えるだけいい時代なのかもしれない」

「歴史教育というのは、いつの世でも、権力者の都合に合わせて行われるものなんですね」

「そういう一面もある。だが、真摯な態度で研究に取り組んでいる学者が大勢いることも事実だ。本当の意味で歴史を証明することはできない——それが問題なのさ。ひとつの出来事でも、立場を変えれば違って見える。どんな歴史上の英雄も、見方によっては残虐非道な大悪党と見なすことができるんだ。ほとんどの歴史上の書物は、覇者の立場から書かれている。そのことを充分考慮に入れて記録を読む必要があるんだ」

「ようやくわかったような気がします」

「何がだい？」

「秋次郎さんの本棚に、歴史の本と法律の本がいっしょに並んでいる理由がです。本当の意味で歴史を証明することはできないと秋次郎さんは、今、おっしゃいました。犯罪も同じだと思うんです。どうして事件が起きたか、本当のところは誰にもわからないことが多いような気がします。例えば、誰かが人を殺したとしても、なぜ殺してしまったのか本人にも説明がつかないようなことがあるんじゃないでしょうか。法で裁くためには、一般的に納得できる論証をするわけですが、動機だけをとっても、本当はひとつだけとは限らないでしょう。いくつもの心理の動きが重なり合って、初めて人は罪を犯すのだと思います」

「確かに俺はそういうところに眼を向けたがる癖があるな。だが、歴史と法律に共通点があるなんて、今まで考えたこともなかったな」

「きっと無意識のうちに、共通のにおいを感じ取っていたんだと思います」

「まあ、そんなことはどうでもいいことだ」

秋次郎は曖昧（あいまい）な言い方をした。

さきほどまで、自信に満ちた口調でしゃべり続けていた彼が、自分自身のことになると歯切れが悪くなる。

いつもそうなのだ。彼は、自分のことをあまり語ろうとしない。まるで自分の生き方に興味がないようなのだ。そんな人間などいるだろうか。

「すっかり日が暮れたな。どうせだから、夕食も食べていくといい」

「そんな……。それじゃあまりにずうずうしいわ。私、そろそろ失礼します」

「そうか……。まあ、しつこく誘って嫌われてもつまらん。じゃあ、送って行こう」

「ありがとうございます」

「ガレージから車を出してくるから、ちょっと待っててくれ」

彼は部屋を出て行った。


私の家が近づくと、秋次郎は言った。

「きょうもたいへんな一日だったな」

「ええ……」

「でも、俺にとってはいいこともあった」

「何ですか」

「君といっしょにいられた」

どういう気持ちで言ったのか判断がつかなかった。本気か冗談なのかわからない。こういうところが、女に不安を抱かせる。秋次郎はそのことを知っているのだろうか。知っていて、私を困らせているのかもしれない——私はそんなことを思っていた。

「事件は、いちおう片がついたが、また会ってもらえるね」

「判決が下るまで事件が片づいたと思ってません。だから、またうかがいたいことができるかもしれませんわ」

車が停まった。わが家へ通ずる路地の入口だった。

「うん——」

秋次郎が言う。

「会えさえすれば、そういうことでもかまわない」

私は挨拶をして車を降りた。

白いベンツが走り去る。赤いテールがどこか淋しげに感じられた。

ひとりになると、再びさきほどの心のわだかまりが生じてきた。

私は、何かを見落としている。

潜在意識はすでにそのことに気づいているのかもしれない。そして、私の表層意識にしきりに信号を送っているのではないだろうか。

でなければ、理由もなく、こんな気持ちに駆られるはずはないのだ。

気は進まなかったが、九門京子の話を最初から思い出してみることにした。

私が見たり聞いたりした、当日の事実と、九門京子の話はすべて辻褄が合っていた。九門京子は、誰かに真相を告白したがっていたのではないだろうか。

自分の怨みと憎しみを、他人に吐き出して初めて復讐は完結する。

だから、あの場で九門京子が秋次郎と私に嘘をついたとは思えない。

九門京子は、私たちに少なくとも九門京子にとっての真実を話したのだ。

彼女の話を聞くにつれ、私は腹が立ってきた。不思議と、宗順に対してより、石原健悟に対する憎しみがつのった。

常識で考えれば、宗順の行いは確かに非情だ。しかし、石原健悟さえ現れなければ、この事件は起きなかったはずだ。

彼の出現さえなければ、宗順は九門京子とどういう形であれ、話をつけていたのではないだろうかと私は考えた。ふたりの性格を思うと、これほどの事件は起こすはずがないという気がするのだ。

石原健悟はなぜ一年もまえに別れた九門京子を訪ねなければならなかったのだろう。

宗順の婚約を知って、再び九門京子が自分のもとへもどってくるのではないかと考えたから——？

しかし、たったひとこと言葉を交せば、そんなことはあり得ないことはわかったはずだ。脅迫までして、彼は九門京子とよりをもどそうとしたという。

たとえ、そんな形で九門京子が石原健悟のもとへ行ったとしても、その後、どんな関係が期待できるというのだろう。

石原健悟は、そんなことさえもわからぬほど考えの浅い人間だったのだろうか。

恋は盲目――。

目もくらむような九門京子への思いに前後を忘れたのだろうと人は言うかもしれない。

しかし、三十歳にもなって、なおかつ正常な社会生活を営む人間がなぜそこまで……。一度はあきらめた女のはずだ。一年も経ってからどうして復縁を迫るようなまねができたのだろう。

こんな考え方をしたら、世の中の犯罪者のすべてがわからなくなる。ふと、そんなことも思ってみた。世の中、理性に従って動いている人間ばかりではないはずだ。だから、世に犯罪は尽きないのだ。

いちおう、納得のいく考え方だった。

石原健悟は、宗順婚約の話を聞いて逆上した。そして、理性などかなぐり捨てて、九門京子のもとに駆けつけた。九門京子はそれほど魅力的な女性だったということだ。

しかし、石原健悟の行動は、なぜか私の思考の滑らかな流れを妨げようとするのだ。

こんなことを思っているのは私だけだろうか。

誰かに確かめてみるだけの価値はあるかもしれない。私はそう思った。

第五章　怨念の系譜

1

翌日の月曜日、私は、会社から鎌倉警察署に電話をして、安積刑事を呼び出してもらった。

私は、いろいろと考えたことがあるので話を聞いて欲しいと申し出た。

安積刑事は、やや間を置いてから時間を指定してきた。

夜の七時に、鎌倉署を訪ねることになった。

私は自分の直感を信じてみたかった。

時間が経つにつれ、石原健悟に対する疑問は消え去っていくように思えたのだ。

私自身のなかにある常識が、いちおう通りのいい理屈でこの問題を片づけてしまうのは明らかだった。

そうなるまえに、このすっきりとしない気持ちをぶつけてみたかったのだ。

私は、退社時間になると机の上を手早く整理して、会社をあとにした。

私は帰りの電車のなかで自分を勇気づけていた。

取るに足らぬことでもいい。他人が鼻で笑おうが、首をひねろうがそれでいい。私は、確かに石原健悟の行動にひっかかるものを感じたのだ——そう思い続けた。

安積刑事は前回と変わらず笑顔で迎えてくれた。私はほっとした。

秋次郎（あきじろう）の言うように、安積刑事が計算ずくの人間だとしたら、九門京子（くもんきょうこ）の逮捕でいちおう事件の解決を見たあとは、けんもほろろの態度に豹変してしまうことも考えられたからだ。

「何かお話があるということでしたが……？」

「ええ……。ひょっとしたらたいしたことじゃないのかもしれないんですが、どうしても気になることがあって……」

「ほう……」

「それについて、意見がうかがえたらと思いまして……。いえ、捜査当局としての意見じゃなくて結構なんです。安積さん個人の意見がうかがえれば……」

安積はうなずいた。

「このあいだの喫茶店でも行きましょうか」

「はい」

安積は大股で歩いた。私はそのあとを追った。

「言っておきますが――」

席について、コーヒーを注文すると、安積は私を見すえた。「武田宗順氏と九門京子さんの身柄が私らのもとにある今となっては、捜査の進み具合については、いくら相手があなたでもお話しすることはできない。これから公判が終了するまでは、検察側と弁護側のいわば情報戦争の状態なのです。おわかりいただけますね」

「はい……」

安積はうなずいた。

「それをご理解いただければ結構です。それで、お話というのは？」

「もし、新しい事実が見つかりそうだとなったら、今からでも調べる気はおありですか」

「もちろんです。警察は、自分たちの立てた仮説に有利な証拠だけを集めたがるように思われているようですが、そんなことはありません。信じていただきたい」

「それがどんなにささいなことでも？」

「一見ささいなことでも、重要な鍵となる場合だってなくはありません」

「実は、石原健悟のことなんです」

「ほう……」

「彼の行動がなんとなく腑に落ちないんです。宗京(そうきょう)先生の話から、いちおう理屈では説明がつくんですが、何というか……」

「第六感というやつですかな」

「そんなにいいかげんなものじゃないつもりです。ものすごく素朴な疑問なんですが、通常の社会生活を営んでいるおとなが、あんなまねをするものだろうかと思ったんです。何だかとても不自然な気がして……。あれじゃ、まるでだだっ子です」

「九門京子の話だと、石原健悟は直情径行型の人間だってことだったが、それでも納得できないと……？」

安積刑事の口調から事務的な響きが消えていた。

明らかに彼は興味をそそられたのだ。

「宗京先生と石原健悟は一年もまえにきっぱりと別れているんです。それを何で今さら、という気がして仕方がないんです。一年間ずっと宗京先生のことを忘れずに想い続けていたのかもしれません。でも、もしそうなら一年間も我慢をしているはずはないと思うのです。石原健悟というのは、とても行動力があった人だそうですね。じっと片想いを続けているようなタイプだとは思えないんです」

「確かに、石原健悟は一年のあいだ音沙汰なしで、突然姿を現したということだった……」

安積刑事は独り言のようにつぶやいた。

「一年まえに、石原健悟は宗京先生との生き方の違いというか、住む世界の違いをはっきりと感じ取ったのだと思います。でなければ、宗京先生と別れることを承知しなかったと思うんです。石原健悟は直情径行型だとおっしゃいましたね。感情を隠さず行動するタイプの人間は、そういうとき、意外にさっぱりしているものなんじゃないでしょうか。ヤケ酒でもあおって、きれいさっぱりと忘れてしまう——そうじゃありませんか」

「あなたの言うことは、あまりに都合がよすぎます。いいですか。人間というのは不可解な感情に動かされる動物です。誰もが常に理性に従って行動しているとは限らない。あなただっていつ激情にかられて信じられないようなことをしでかすかわかりゃしないんですよ」

「確かに、それはそうですが……」

「石原健悟は、武田宗順が九門京子を金と権力で自分から奪っていったと信じていた。その武田宗順が資産家の娘と婚約をした。これは石原健悟が頭にきても無理はない」

「本当にそうでしょうか」

「どういうことです？」

「刑事さんが石原健悟の立場だったらどうしますか」

安積刑事はしばし答えに窮した。

「……ま、その場になってみないとわからないな。それに、そういった仮定に基づいたことを考えてみても捜査のためにはならん。法的に何の根拠もない。私と石原健悟は性格も年齢も立場も違う」

「私は、捨て台詞ひとつで片がついた問題だったと思うのです。『ざまあみろ。俺といっしょになってりゃよかったんだ』――これだけを宗京先生に伝えれば、それで石原健悟は満足したんじゃないでしょうか」

「そういう場合もある。だがそうでない場合だって少なからずあるんです。だから世のなかから犯罪がなくならないのですよ。あなたがいうように、うまく歯車が回っているうちはいい。だが、何かの拍子で歯車が狂っちまうことがある。それが犯罪というやつです。今回がその例だ。あなたたちは、犯罪などと縁のない日常を送っている。だから、石原健悟の行動がとんでもないものに思えたりするんです。だがね、毎日犯罪者と付き合っている私らに言わせれば、石原健悟のとった行動も、普通の人間の行動パターンのひとつに過ぎないんですよ」

「そうでしょうか……」

「まだ納得できんかね」

「ええ……。何だかますますひっかかってきました」

安積は、背もたれに身をあずけ、半眼で私を眺めていた。

しばらく何も言わずにそのままの姿勢でいた。

突然、安積は笑い出した。

私は驚いて顔を上げた。

「何がおかしいんですか」

「いや失礼。たいしたもんだと思いましてね。女の勘は、刑事の勘をしのぐことがあるのかもしれない」

「どういう意味ですか」

安積は真顔になった。

「あなたは、私の反論に屈しなかった。あんたの勝ちだ。正直に言おう。俺も石原健悟の行動にはちょいとひっかかってたんです」

「え……？」

「試してみたんですよ。あんたがどれだけ本気で石原健悟の行動に疑問を持っているのか、ね」

「人が悪いわ……」

「まあ怒らんでください。お詫びに正直なところをお聞かせしましょう。私が疑問を持ったのは、石原健悟の行動があまりに軽率すぎると感じたのがきっかけでした」

「軽率……？　そうだわ。私もそんな気がします」

安積はうなずいた。彼は、背もたれから身を起こしていた。いつしか、声を落とし気味にしゃべっている。

「あなたが言うように、石原健悟の行動には、まるで分別というものが感じられない。だが、それだけでは何の根拠にもなりはしない。私たちは石原健悟の身辺を少しばかり洗ってみました。九門京子の話は多分に感情的になり過ぎていたきらいがありましたね。実際の石原健悟は、もっと理をわきまえた人間のようでした。会社では上司の信頼を得、下の者からは慕われていました。特に、大学時代の彼を知っている人間の評判はすこぶるよかった。彼は、いわゆる、しっかりした人物で、人情家でもあった。でなければ、大学で、体育会系のサークルを統括する立場には立てなかったでしょう」

私は、じっと安積の言葉に耳を傾けていた。自分の勘の正しさが証明されていくような気がしていた。心が昂（たかぶ）るのを感じた。

「私がますますおかしいな、と思ったのはご理解いただけるでしょう」

「もちろんですわ」

「私の疑問を決定的にしたのは、石原健悟の男女関係です」

「男女関係？」

「石原健悟は、やはり九門京子に見切りをつけていたんですな。半年まえから付き合っている女性がいたのです。石原健悟が普段、営業で出入りしているある会社の受付嬢でね。周囲の噂だと、ふたりの仲の良さは評判で、結婚も時間の問題だろうと……」

私は声も出せなかった。

眼が飛び出しそうな顔をしていたに違いない。

「そういうわけで、男女間のいざこざ——つまり痴情のもつれという線は、ますますおかしいなと思い始めたわけです」

私はここでも、人の死にまつわる悲しみに出会うことになってしまった。

突然恋人に死なれた女性の心のなかは、どれほど乱れていることだろう。しかも、その恋人は、殺人未遂の汚名を着せられたまま死んでしまったのだ。

一瞬であれ、私は石原健悟を憎んだ。その憎しみが、彼に対する疑いの始まりだった。

彼を愛し、彼と幸福な想い出を作り続けていた人間がいたことなどを考えようともしなかった。

高揚しかけた私の気分は、一瞬にしてしぼんでしまった。

安積刑事は続けて言った。

「そんなことを考えていたときに、あなたが同様のことを言ってこられた。まあ、実を言いますと、石原健悟の動機に疑問をさしはさんだりするのは、捜査本部のなかでも、ごく少数派でしたね。私も自信をなくしかけていたところなんですが……」

「安積さんでも自信をなくされることなんてあるんですか」

「そりゃ当然ですよ」

「私、安積さんは何でもお見通しで、自信の塊みたいな人だと思ってたんです」

「そういう素振りをしなくちゃやっていけない商売なんですよ、刑事ってのは。おっと、これは口がすべった。こちらの手の内をあまり見せるわけにはいかないんだが……」

「それで、このあとはどうするおつもりなんでしょう」

「石原健悟の動機の件ですか？　さあてね。私もいちおう、痴情の線は疑ってみたものの、それ以上の進展がなくてね。ま、今のところは行き止まりというところですな」

「そうですか……」

「別の動機があれば、必ず糸がそちらへ伸びているはずなんです。その糸口が見つからない。小高（おだか）さん、あなた、何か思い当たることはありませんか」

「いいえ、私もただ石原健悟の行動に不自然さを感じただけですから……」

「そうですか。……さて、私はそろそろ署へもどらなくてはならない」

「お忙しいところ、どうもありがとうございました」

「いや、こちらこそ……。参考になりました」

「石原健悟の動機の件ですが……」

「うん」

「引き続き捜査していただけますか」

安積は、一度眼をそらしてうつむいた。

すぐに顔を上げると彼は言った。

「心がけておきますよ」

曖昧（あいまい）な言葉だと私は思った。


夕食の食卓に珍しく父がいた。

部長から取締役待遇の本部長へと、一歩組織の階段を登っただけで、仕事は格段に多忙になるらしい。

部長時代に比べて、帰宅時間が遅くなり、夕食の食卓をいっしょに囲むことがほとんどなくなってしまった。

久し振りに夕食をともにするからといって、特別なことを話そうとするような父でもなかった。

食卓での主導権を握るのはいつも母だ。

母は、九門京子が、今回の事件について全面的に自白したというニュースをテレビで見たらしく、興奮した面持ちで、さまざまにまくしたてていた。

「ねえ、紅美子（くみこ）、聞いてるの」

「聞いてるわよ。だから、私みたいな下っ端の弟子には、何もわからないって言ってるでしょ」

「でも、この九門京子っていう犯人、あなたの先生だった人でしょ」

「やだ。犯人なんて言い方はやめてよ」

「まさかこんなことになるとはねえ、あなた」

「うん……」

父は、ウイスキーの水割りを口にふくんでいいかげんな返事をする。

「紅美子、あなた、こんなところでお茶を習うのはやめたらどうなの」

「何てこと言うのよ」

「だってそうでしょう。こんな事件を起こした流派なのよ。何だか気味が悪いじゃない。お茶をやりたいなら、裏千家だって表千家だって立派な先生がいくらでもいるでしょうに」

「私は相山流が好きでお茶を始めたのよ」

「このあいだまでは、花嫁修業のためだ、なんて言ってたくせに」

「ちゃんと説明するのが面倒だっただけよ」

相山流をやめようなんて、考えたこともなかった。

しばらくお稽古を休みにするという通知がとどいていたことを思い出した。

相山流を私が、やめるかどうかどころの問題ではなかった。この先、相山流はどうなってしまうのか——家元は、今ごろ山積みの問題を睨んで苦悩しているに違いない。

母にそんな事情をくめと言うほうが無理なのはわかっている。

筋道立てて説明しない私も悪いのだ。

だが、母の言葉は私の神経を逆撫でした。

すんでのところで私は爆発しそうになった。

それを止めてくれたのは、静かな父のひとことだった。

「いいじゃないか。紅美子が自分で決めたことなんだ。好きにやらせなさい」

母は反論しなかった。

私は、父に一瞬ではあるが、家元と同質のたのもしさを感じた。

二階の部屋に上がり、ひとりになると、私は心のなかではっきりと誓った。

この先どうなろうと、私は相山流をやめない。

千利休の、秀吉を諫めようとした、勇敢で誇り高い志、そして、その利休との師弟愛から生まれた相山流。

私は、この流派から決して離れまいと思った。

それにしても、家元は相山流をこれからどうしていくつもりだろう。

開祖伝説と秘伝は、また門外不出の秘密として伝えられていくのだろうか。

次期家元の宗順が、不可抗力であれ故意であれ、人の命を奪ったことは確かだ。

たとえ、無罪の判決が出たとしても第十五代家元を継ぐことを世の中が許すだろうか。

いや、問題はもっと逼迫しているのかもしれない。相山流がこのまま門を開き続けることは社会的に許されることなのだろうか。

この事件は、殺人事件だけで終わる性格のものではなかった。

相山流自体の運命が左右される大事件だったのだ。

男女間のもつれから生じたいざこざが、十何代も続いた茶道の一流派の運命を左右するまでに発展してしまった。

もとはといえば、次期家元の婚約が原因ともいえなくない。

宗順の政略の失敗ということなのだろうか。菱倉家との婚姻は、宗順にとってどんな意味があったのだろう。

菱倉家——ふと私は、経営専門誌に載っていた菱倉達雄の記事を思い出した。

経済人のなかでも屈指の粋人で特に日本文化への愛着は趣味の域を超えているという人物。

一方、新興宗教に傾倒し、経営者の資質を疑われるような一面を持つ変人でもある。

ベッドに腰かけて、ぼんやりそんなことを考え続けていた私は、突然、はっと顔を上げた。

恐ろしい勢いで、幾多の思考の断片が頭のなかをよぎっていった。

私は、しばらく茫然としていた。

潜在意識が私の表層意識に伝えようとしていた事実——それを今、私はつかまえたのだと思った。

私は部屋を飛び出し、階段を駆け降りていた。

2

「今すぐに会いたいんです。ぜひ聞いてもらいたいことがあって……」

私は、受話器に向かって言った。

電話は階段脇の廊下にある。

母が何事だろうという顔を、居間からのぞかせた。

「どうした。何かあったのか?」

電話の向こうで秋次郎が言った。

「とにかく、話を聞いてもらいたいんです。気づいたことがあるんです。大発見かもしれないんです」

「ちょっと落ち着いてくれよ。いったい何の話なんだ」

「事件のことに決まっているじゃないですか」

「こんな時間に出かけても平気なのかい」

「そんなことはどうでもいいんです」

「わかった。これから車で迎えに行く。待っててくれ」

電話を切って、時計を見る。九時を回っていた。

こんな時間に、男性が車で迎えに来る。両親が黙っているはずがなかった。

だが、今の私には誰が何を言っても無駄だ。

九時半をわずかに過ぎたころ、ドアのチャイムが鳴った。

私は普段着のまま玄関を出ようとした。

「ちょっと、こんな時間にどこへ行こうというの」

母のきびしい声。

「すぐ帰ってくるわ」

私は母につかまるより早く、玄関を出てドアを閉じた。


秋次郎は、一度いっしょに食事をしたことのある、由比ヶ浜ぞいのシーフードレストランに車を寄せた。

店は混んでいた。ほとんどの客が、二十歳を出るか出ないかの若者たちだった。車を連ねて湘南に乗りつけ、夜中まで騒ぎ続けるのだ。

席につくと、秋次郎はひとことつぶやいた。

「このあたりも、昔とはずいぶん変わっちまった」

彼は私のほうを向いた。

「さて、話を聞こうか」

「私、今回の事件のからくりが見えてきたような気がするんです」

「事件のからくり？　それなら宗京さんの話でけりがついたじゃないか」

「事件の根はもっと深いところにあるような気はしませんか」

「どういうことなのかわからないな」

「今回の事件がもとで、相山流はかつてない危機に追い込まれているのでしょう。この先、相山流が存続できるかどうかの瀬戸際に立たされている――違いますか」

「君の言うとおりだよ。各界への配慮で、オヤジはやむなく道場の活動を停止した。いつ再開できるかはわからない。これは大きな問題なんだよ。全国には大勢の相山流の師範がいる。このまま活動停止の状態が続けば、彼らの生活だって危うくなってくる。相山流全体が干乾しになっちまうわけだ。活動を再開したとしても、この間の経済的打撃は大きいだろう。何よりも、相山流家元への信頼がゆらぐのが問題だ。一度失われた信用というのは、取りもどすのにたいへんな時間と努力が必要だ」

「打撃を受けたとしても、また相山流が門を開くのならばまだ取り返しはつきます。このまま、相山流が永遠に門を閉ざしてしまう可能性もあるわけですね」

「オヤジの判断ひとつだな。相山流の灯が消えるとしたら、全国への門弟への責任は計り知れない大きなものになるだろう。しかし、知らぬ顔で相山流が活動を続けていけるとも思えないな。第十四代家元武田宗毅は、文字どおり針の莚の上にいる。いや、地獄の炎に身を焼かれる思いと言ったほうがぴったりかもしれない。しかし、それも、相山流の身から出た錆と言えなくもない。原因は、兄貴と宗京さんの男女関係のもつれだったんだからな」

「本当にそうでしょうか……」

「何を言ってるんだ。そんなことはとっくにわかりきったことじゃないか。兄貴が女性問題で石原健悟の恨みを買った。そこから発展した問題だ。まあ、石原健悟も、相山流をつぶしてやろうなどとは考えてなかったろうがね。結果的にこうなってしまった」

「そう……。確かに石原健悟自身は、相山流を破滅させようなどとは考えていなかったでしょう。でも、誰かがそう考えていたとしたら……」

「何だって……？」

「誰かが最初から相山流を危機に追いやろうと考えていた――そう仮定すると、この事件は、今までとは違ったものに思えてくるのです」

「そんなばかな……」

「まず第一に私は、石原健悟の行動があまりに常識をはずれているようで、何かひっかかるものを感じたのです」

私は、安積刑事と話し合った内容をかいつまんで説明した。

秋次郎の眼の光が次第に真剣味を帯びてくる。

「——石原健悟に別に動機があるとしたら何だろう。私は考えました。しかし、いくら考えたって、わかるはずはありません。そこで私は、眼をほかに転じてみました。相山流の危機について考えてみたのです。誰もが、痴情のもつれの結果、ああいう事件が起きて、ひいては相山流の危機につながったと考えています。でも、誰かが相山流つぶしをはじめからもくろんでいて、石原健悟を送り込んできたとしたら……」

「石原健悟のあまりに不自然な行動の説明がつくわけだ。しかし、いったいどんなやつが茶道の一流派をつぶそうなんて考えるだろう。俺には考えられないな」

「想像はつくはずですわ」

「何だって？　それじゃ君は、そいつの見当がついているというのか」

「そのつもりです」

「いったい誰だっていうんだ」

「柿坂留昏の子孫です」

秋次郎は絶句した。

一瞬、ぽかんと私の顔を眺め、そして失笑した。

「君はずいぶんと開祖伝説が気に入ったようだね。俺も一所懸命に話したかいがあったというもんだ。想像力の豊かさにも敬服するよ。女っていうのは、みんな現実的だとばかり思っていたがね。これは認識を改めなくちゃいけないな」

「私は、充分に現実的な話をしているつもりですが……」

「君が相山流のことを思ってくれる気持ちはよくわかった。だが、今となっては俺たちにはどうしようもないんだ」

「どうしようもない？」

「そう、どう手を出したところで何も動きはしない。黙って見ているしかないんだ」

「秋次郎さんは、そうやって司法試験からもお茶の世界からも身を引いてしまわれたんですね」

言ってしまってから、はっとした。

話が飛躍し過ぎた。秋次郎の心の傷に触れたかもしれない。

秋次郎が怒り出すのではないかと、はらはらした。

だが秋次郎は曖昧な笑みを浮かべただけだった。

「言われてみればそうかもしれない」

「ごめんなさい。私、こんなことを言うつもりじゃなかったんです」

「わかってる。俺のだらしのなさに腹が立ったんだろう」

「いえ……。決してそんなことは……。ただ、私も懸命に考えたことなんです。それを、まったく取り合ってくれないんでついかっとなって……」

「そうだったな」

秋次郎の眼に、いつか見た淋しげな色があった。

私は、後悔した。

「それじゃあ、話の続きを聞くとするか。柿坂留昏の子孫が事件の裏にいるという根拠は何なんだい」

「根拠と言えるほどのものはありません。開祖伝説を思い出してぴんときたんです。でも、もし、私の考えている人物が柿坂留昏の子孫だとしたら、すべての辻褄が合ってくるのです」

「ほう……。目星をつけた具体的人物がいるんだね」

「はい」

「誰なんだ？」

「菱倉達雄です」

秋次郎は、笑わなかった。

彼は、食い入るように私を見つめた。

「詳しく話してくれ」

「今回の事件のそもそもの起こりは、宗順先生と、菱倉達雄の娘、菱倉優子との婚約でしたね。宗順先生は、この縁談にことのほか熱心だったとか……」

「そのとおりだ。世間じゃ財産目当ての政略結婚だ、などと言っているが、誓って言う。兄貴は確かに政治的なやり取りに長けているが、そこまでやる人間じゃない。俺たちを含めて周囲は首をひねっていたんだ」

「宗順先生は何をお考えだったのかはわかりませんが、とにかく、事件の最初から菱倉家がからんでいたのは確かなのです。私たちは、それを忘れていました」

「さっさと婚約解消を申し渡してきたんでね。事件の枠外に置いちまったわけだ」

「菱倉達雄の宗教好きの話はご存じですか」

「ああ、知っている。社長室に鳥居とお社を作って、役員一同といっしょに毎朝拝むっていう話だろう」

「ある新興宗教の法人を、菱倉グループに加えようとして、ひんしゅくを買ったという話も有名です。そういう人間なら、当然、先祖の供養ということにも熱心でしょう。先祖の怨みがあれば、晴らしてやろうくらいのことは考えそうな人物なんです」

「考えられんことじゃないが、あまり説得力のある話じゃないね」

「それだけのことだったら、私も菱倉家が柿坂留昏の子孫だなんて考えなかったでしょう。菱倉達雄の先祖には、茶人がいるということを私は知ったのです。ある経営専門誌に、菱倉自身がインタビューに答えて語っていた話なんです」

「ほう……」

「柿坂留昏の息子——清正と言いましたっけ——彼は、江戸時代になって、還俗して堺の豪商に婿入りしたのでしたよね。現在の菱倉グループの母体も、もとをただせば、堺の商人だったそうです」

「なるほど」

「その記事を読んだ時点では、私も特別なことは考えませんでした。しばらくはそんな記事のことを忘れていたくらいです。でも、今まで話したことすべてを総合して考えると……」

「うん、考えられないことじゃない。しかし、菱倉家が柿坂留昏の子孫だとしてだよ、どうして今ごろになって、急に先祖の復讐なんてことを考えなければならなかったんだ。相山流も、菱倉家もきのうきょう生まれた家柄じゃない。相山流は十四代家元の今日にいたるまで、菱倉家から何の危害も加えられたことはない」

「それも、いちおうの説明がつく気がします」

「聞こうじゃないか」

「菱倉は、さきほども言ったように江戸時代は堺の一介の商人にすぎませんでした。明治になって、近代的企業への第一歩を踏み出し、やがて財閥への道を歩み始めるわけです。他の財閥と同様、菱倉も戦争のたびに規模を大きくしていき、第二次世界大戦直前には押しも押されもせぬ経済帝国の基盤を築いていました。その成長過程の菱倉家は、それこそ、脇目もふらずに働きまくったことでしょう。戦後は戦後で、復興のために大車輪で働かねばならない時代だったはずです。占領軍による財閥の解体——それにも屈せず経済帝国を維持するため、東奔西走の毎日だったでしょう。そんな時代の菱倉家の当主は、先祖のことに夢中になる心理的余裕などあったでしょうか。先祖の供養くらいはしていたかもしれません。しかし、先祖の怨みを晴らそうなどと考えている暇はなかったと思うのです」

「君の言うとおりかもしれない」

「しかし、菱倉達雄はそういった自分たちの手で菱倉グループを築き上げた先達とは事情が違うわけです。彼は、すでに完成された菱倉グループの城におさまったに過ぎないのです。それでも、高度成長時代はまだよかったのでしょう。しかし、時代は低成長が基調となりました。菱倉達雄が宗教に傾倒していくのも低成長時代を迎えてからだと言われています」

「会社の業績は思うように伸びない。かといって、グループは維持していかねばならない。自分で築き上げたものならどうにでもできたろうがな……。そこで菱倉達雄は、神仏や先祖に精神的なよりどころを求めたわけか」

「それはもう狂信的なものだという噂です。先祖の怨みが残っているというのは、そういう心理状態にある人には、大きな重荷になるのではないでしょうか」

「ふうん……」

「一方、相山流ですが、こう言っては何ですが、裏、表、武者小路の三千家などに比べて、あまり一般に知られていない流派だったでしょう。歴史こそ、三千家には負けず劣らずですが、規模としては長いあいだ、ずいぶんと小さなものだったはずです」

「初代宗山以来の伝統だな。オヤジもそうだが、あまり派手なことを好まんほうでね」

「それが、宗順先生の八面六臂の活躍で、大発展を遂げ始めたわけですね。まさに、破竹の勢いというくらい勢力を広げ、知名度も高まっていったわけです」

「マスコミや、政治家、文化人の動かし方を心得ていたからな」

「それが、菱倉達雄には気に入らなかったのではないでしょうか」

「なるほど……。だが、それだけじゃ、いくら柿坂留昏の子孫といっても復讐などする気は起きないだろう。そいつは、あくまで背景だ。直接のきっかけは、降って湧いたような菱倉優子との縁談だ」

「そうです。その縁談が、菱倉達雄の逆鱗に触れたんだと思うんです」

「兄貴は、何を思ってこの縁談を進めたんだろう」

「それが、菱倉達雄の怒りの秘密だと思うんです」

「うーん……。何だか君の話を聞いているうちに、菱倉達雄は本当に柿坂留昏の子孫のような気がしてきたな……。だが、確証は何もない」

「確かめる方法はありますよ」

「そうか、『斑雪』か」

「そうです。その茶器を菱倉が持っているとすれば、菱倉が柿坂留昏の子孫であるという動かぬ証拠になります。そして、そのことが確かめられれば、石原健悟の動機にも別の可能性が出てくるわけです」

「菱倉達雄が石原健悟を利用して、今回の事件を起こさせた、と……」

「はい……」

「ふたつのことを調べなければならない。菱倉の家に『斑雪』があるかどうか。そして、菱倉達雄と石原健悟は接触したことがあるかどうか……。たぶん、『斑雪』はどこかへ隠してしまっただろうな……」

「どうかしら……。菱倉は、まさか自分に眼が向けられるとは思ってもいないでしょうし、『斑雪』の存在など知っている人間はいないと高をくくっているかもしれませんわ」

「何とも言えんな」

「こんな話で警察は動いてくれるでしょうか」

秋次郎は、眉をひそめた。

「安積刑事か……」

彼は一度唇をかんでから、ゆっくりと言った。

「動かして見せるさ、是が非でも……」

私の家の近くで車を停めると秋次郎は言った。

「帰ったらさっそくオヤジに話してみるよ。場合によっては、オヤジに乗り出してもらわなくちゃならないからな」

「そうですね」

「オヤジと話し合ったうえで、俺も今夜ゆっくりと考えてみる。何しろ、今は君も俺も多少興奮気味だからな。頭を冷してからもう一度考え直したほうがいい。警察には明日、電話してみよう。会社は何時までだっけ？」

「五時半です」

「わかった。それまでに会社に連絡する。安積刑事と会うときは、君も同席したいだろう」

「はい……。ぜひ……」

「じゃあ、今夜はこれで……」

「あの……」

「何だい」

「さっきはすいませんでした。本当に、あんなこと言いたかったわけじゃないんです」

秋次郎は、一瞬けげんそうな顔をしてから笑い出した。

「気にしちゃいないよ。今の今まで忘れていたくらいだ。もっとひどいことを言われたことが何度もある」

私は、ほほえみを返した。

「おやすみなさい」

私は車を降りた。

秋次郎が運転席から手を振る。車は軽やかにダッシュした。

3

鎌倉警察署と若宮大路をはさんで向かい合うビルの二階——安積とこの喫茶店へ来るのは三度目だった。

今回は私の隣に武田秋次郎がすわっている。

安積刑事は、疲れ切って見えた。

眼は赤くにごり、うっすらとひげが伸びている。顔が脂で光っていた。

秋次郎は、今回の事件の陰で菱倉達雄が糸を引いているかもしれないことを、要領よく説明した。

安積は、椅子にもたれたまま、ろくに相槌（あいづち）も打たずに話を聞いていた。

「菱倉達雄……？」

彼は、わずかに顔をしかめ、煙草をくわえた。

「何だってまた、そんなことを思いついたんだね……」

「思いついたのは俺じゃない。この小高さんだ。俺も、最初に話を聞いたときは相手にしなかった。でも、考えれば考えるほど、あり得ない話じゃないと思い始めたんだ。これは、調べてみる価値がある」

安積は秋次郎を睨んだ。

「それは、警察が判断することです」

「何をどう判断するというんだ」

「わかってください。私らも、限られた人員と費用をやりくりしているわけです。ひとつの事件にばかりかかわっていられるわけじゃない。今回の事件については、九門京子の全面的な自白が取れてる。これで充分公判は維持できるんです。それをくつがえすというのは、大変なことなんですよ」

「わかった」

秋次郎は言った。

「あんたは、菱倉達雄の名を聞いて気後れしたんだ。相手があまりに大物だからな」

安積は煙を勢いよく吐き出して、目を細めた。

「そのとおりですよ。菱倉達雄といえば、政界にも顔がきく。私が無駄な人員や費用をさきたくないといったのはそこのところなんですよ。たとえ、菱倉達雄が事件にかかわっていたとしてもですよ、警察には警察の考えなり、やり方ってもんがあるんです」

「そうなんだ」

秋次郎は、吐き捨てるように言ってそっぽを向いた。

「警察っていうのは、いつの時代だって権力者のためのものなんだ。民衆を弾圧して、一部の特権階級の権利を守る。そのために警察というのは存在しているわけだからな。殺人の本当の理由が何であろうが、本当のところ、知ったこっちゃないんだ。公判を維持できるだけの材料をかき集めて、検事に渡しちまえば、それで役目が終わったと考えてるんだ」

安積は目をこすった。話を聞くのも大儀だという態度だ。

秋次郎は言い続けた。

「法の下に万民は平等なんて言うが、嘘っぱちだ。金のある人間、権力を持つ人間は法をねじ曲げることができる。その手助けをしているのが警察だ。警官に、こづかれ、蹴とばされ、金をまき上げられるのは、いつでも弱い一般大衆なんだ。俺は刑法と刑訴法を学んだが、そんな現実に直面して、投げ出しちまったんだよ」

「立派な演説だ」

安積刑事は、煙草をもみ消した。

「言いたいことはそれだけかね」

「待ってください」

私はあわてて言った。

「確かに菱倉達雄は、財界の大物かもしれません。でも、彼が罪を犯したという確証さえあれば、打つ手はいくらでもあるわけでしょう。警察にだって、意地というものがあるんじゃないですか。このまま帰ってしまうのは、安積さんにとっても損だと思いますが……。とにかく、詳しい話を聞いてください。聞いたうえで、ばかばかしいと思うのなら、それは仕方のないことです」

「誰が帰ると言いました？」

安積は笑みを浮かべていた。

「私はとりあえず話だけは聞いてみようと思っていますよ」

「でも、無駄な費用や人員はさきたくないと……」

「もちろんです。それが、本当に無駄なものならね。そのへんを充分に理解しておいてもらいたかったわけです」

「じゃあ、私たちの考えを聞いてくださるのですね」

「場所を移したいだけですよ。話がちょっと微妙なことになりそうなんでね、人の耳がないところがいい。署のほうへ移動しましょう」

私は秋次郎を見た。

秋次郎は、打ちのめされたように首を垂れていた。一時であれ、激情のとりこになった自分を恥じているのだ。安積は、彼独特のやり方で、まず、秋次郎の毒牙を抜いてしまったのだ。

安積は言った。

「秋次郎さん。あなたは弁護士なんぞにならなくてよかった。人を説得する術にかけては、こちらのお嬢さんのほうがよっぽど長けている」

秋次郎は何も言わなかった。

「だがね――」

安積の声は優しい響きに変わっていた。

「あなたが私のことをどう思ってるかは知らないがね、私は、あなたのことを好きになりましたよ。相手を恐れず、心のなかをぶつけてくる人が私は好きだ。私は少なからず、あなたに心を動かされました」

安積は席を立った。

秋次郎は、わずかにかぶりを振った。


私たちは、警察署の小会議室に案内された。

署内は、充分に照明がいきとどいているにもかかわらず、暗さがぬぐい去れない感じがした。

さまざまな影が、あちらこちらにうずくまっているように見える。刑事たちは、こういった暗さとともに、日常生活を送っているのだと私は思った。

私たちのまえに、茶が置かれた。

お茶を運んできたのは、若い私服警官だった。

「茶道の家元から来られた方には、あまりに粗末な茶ですが、ま、どうぞ」

安積刑事が言った。

秋次郎は何も言わずに茶をすすった。

「さて――」

安積は、私たちの顔を交互に眺めた。

「その話とやらを聞かせてもらいましょうか」

私は、秋次郎を見た。

秋次郎はうなずいた。彼は、うつむいたまま、話し始めた。

彼らしい、正確で無駄のない話しぶりだった。

安積は、半眼で、半ば無関心そうな体で聞いていたが、徐々に身を乗り出し、そのうち、相槌を打ち始めた。

秋次郎の語りっぷりは見事だった。

話の全容を知っている私ですら、ついつい引き込まれそうになった。

秋次郎が話し終わる。

安積刑事は、ひとつ大きくうなずいた。

「難しそうだがやってみる価値はある」

安積刑事の表情から疲労の色が失せていた。全身に活力がみなぎり始めたように見える。喫茶店で椅子にもたれていた彼とは別人のようだった。

安積刑事は、秋次郎の眼を見て笑いかけた。私に対する優しいほほえみとは違っていた。いかにもうれしそうな力強い笑顔だった。

彼は、秋次郎が組むに価する男だということを認めたのに違いない。

会社で何度か出っくわして、うらやましいと常々思っている光景に似ていた。

女というのは、仕事のパートナーやチームメートを認めたり気に入ったりする際に、人柄に重きを置く傾向がある。

だが、男はそうではないらしい。相手の有能さに惹かれるのだ。男は基本的に戦士だからなのだろう。

安積は立ち上がった。

「あとは私たちにまかせてもらいましょうか。あなたたちが、ここまで考えてくれたんだ。このままじゃ、私らの面子が立たない」

「いいだろう」

秋次郎が言った。

「俺があんたをどう思ってるか、あんたは知らないと言った。その答えは、あんたの働きっぷりを見てから決めることにするよ」

「まあ見てるがいい」

安積は秋次郎を見つめた。

「失望はさせない」

三日後の金曜日、秋次郎から会社に電話があった。

帰りに、相山流の道場に寄って欲しいということだった。

道場では、秋次郎とともに、安積刑事と中野刑事が私を待っていた。

「俺はこの人を見直すことにしたよ」

秋次郎は安積刑事を親指で指し示して言った。

「たいした捜査の進展ぶりだ」

安積は鼻で笑った。

「手がかりさえあればこんなもんさ。あとは体力が勝負だ。今は、コンピューターとやらのおかげで、捜査のスピードは昔から見れば格段にアップしているしな」

「新聞には何も載っていないので、どうなったのかと思っていたんです」

私は言った。

安積がうなずいた。

「こいつは、極秘捜査の短期決戦と決めたのです。何しろ、相手が相手ですからね。へたに手を打たれたら、私らは身動きが取れなくなっちまう。その暇を与えないようにしなきゃならんわけです」

「で、どこまでわかったんですか」

「まあ、序盤戦というところだがね——」

安積は説明を始めた。

確かに、石原健悟と菱倉達雄はつながりがありそうだということだ。

事件が起こる直前に、石原健悟は単独で菱倉物産に乗り込み、契約を取ってきているということだった。

石原健悟が勤める中堅の広告代理店にしてみれば、この新規の契約は大快挙に違いなかった。

菱倉物産をはじめとする菱倉グループをつかまえれば、石原健悟の会社のランクアップも夢ではないのだ。

石原健悟は、一躍、会社の英雄となったわけだ。しかし、菱倉物産ほどの会社が、何のつてもない飛び込みの営業を受け入れるはずがない。

調べていくうちに、菱倉物産のほうから、名指しで石原健悟を呼び出していたことがわかった。突然、声がかかったことを不思議がり、石原健悟は同僚の何人かに心当たりを尋ねて歩いていたらしいのだ。これは、同僚の証言が得られているということだった。

問題はなぜ石原健悟に白羽の矢が立ったかということだった。

菱倉物産の宣伝担当の責任者に理由を尋ねても首をひねるばかりだったという。

石原健悟という名は、会社の上層部から出されたことがわかってきた。

一方、菱倉達雄の個人的な行動を洗っていた刑事たちは、ある興信所をつきとめた。菱倉達雄が、武田宗順についての調査を依頼した興信所だ。

菱倉ほどの家柄になると、結婚相手の素性を詳しく調べるのは常識だ。その興信所は、これまでも、菱倉優子に縁談があるたびに利用されたところだということだった。

刑事が、職業上の秘密を主張する興信所の所長から、苦労して興味深い話を聞き出したという。

彼らは、武田宗順のスキャンダルを調べ出し、それを残らず菱倉家へ報告したのだった。九門京子の名も、石原健悟の名も、それぞれの関係もすべて報告書にまとめて提出したのだ。

菱倉達雄はすべてを知っていたのだ。

菱倉物産が石原健悟を指名したこともうなずける。

菱倉達雄の差し金だったのだ。

つまり、石原健悟の快挙の裏には、菱倉達雄の青写真があったと考えられるのだ。

「――石原健悟は、何も知らずに、菱倉達雄のもくろみどおりに動き始めたわけだ。ここからは、簡単に推測できる。菱倉は石原健悟と密会をするわけだ」

安積刑事が説明を続ける。

「社内で一目置かれるようになった石原健悟のもとに、菱倉達雄がじきじきに会いたがっている、という知らせが入る。彼は有頂天で出かけて行ったわけだ」

秋次郎が後を続ける。

「その場で、石原健悟は菱倉に頼まれるわけだ。九門京子をまず脅し、その後に武田宗順も脅迫しろ、と」

安積刑事がうなずく。

「そうだ。せっかく手に入れた菱倉物産との契約だ。多少危ない橋を渡っても失いたくはない。石原健悟は承知せざるを得ない。それに、菱倉達雄に恩を売ることは、後々何かと役に立つことになるだろうという計算もあったはずだ」

「契約と、出世……。しかし、そのために、石原健悟は兄貴を殺そうとなどするだろうか。殺人や傷害を犯せば、社会人として立場はまったくなくなってしまう。出世も何もあったものじゃなくなるはずだ」

「誰も、石原健悟が宗順を殺す気だったとは言っていない。ただ、スキャンダルをネタに脅迫する程度でことは済むと、石原健悟は思っていたはずだ。宗順氏の胸ぐらでもつかまえて自分は本気であるというアピールだけすれば、彼の役目は終わるはずだった」

「何てことだ……」

「菱倉にしても、こういう事態になるという百パーセントの確信があったわけではないだろう。スキャンダルを暴露して相山流の家名に傷をつけてやることが彼の第一の目的だった。お茶やお花の家元などというのは、家名の傷が、ときとして致命傷になりますからね。今、相山流は存続の危機に瀕している。菱倉達雄は、予想以上の効果に、腹をかかえて笑っているかもしれない」

私はたまらずに言った。

「菱倉達雄の罪はもう明らかじゃないですか。石原健悟の本当の動機もわかりました。石原健悟は菱倉に利用されて殺されたわけでしょう。警察はまだ手を出せないのですか」

安積は落ち着いた声で言った。

「確証が足りなすぎる。今、へたに動くと、すべてがぶちこわしになる。こういった捜査ってのはね、積み木といっしょなんですよ。まず、第一に菱倉達雄と石原健悟が密会をしていたというのは、私らの仮説に過ぎない。ふたりが会っていたという証拠または、証言が必要なんです。そして、さらに大切なことは、菱倉達雄の動機については、今のところ、まったくお手上げだということです」

私は尋ねた。

「菱倉が柿坂留昏の子孫だという話は証明できないのですか」

「菱倉物産の社史編纂室へ行って聞いてみたがね、そこまで古い記録など残っちゃいないし、知っている人間もいない。柿坂留昏という人物だって、一般の歴史書にはまったく名前が出て来ないんだ。実在の人物かどうかもわからない」

「実在の人物のはずだ」

秋次郎はきっぱりと言った。

「それは俺が、堺の郷土史家何人かに尋ねたことがあるんだ。確かな話だ。それよりも、問題は、菱倉が柿坂留昏の残した怨みをどう思っていたかということじゃないか」

「それはどんなことがあっても傍証はできんだろうな。たのみの綱は、何とかいう茶器だけだ」

「『斑雪（はだれゆき）』だ」

「そいつさえ見つかれば……」

「菱倉達雄は、誰かに『斑雪』を必ず見せているはずだ。名器を持つ人は、それを他人に見せて自慢せずにはいられないものだからな」

「時間がない。誰に見せたか見当もつかないんだ。菱倉が口止めしていることだって充分に考えられる。上流階級の結束は固いものだ。やつらは利害関係で結ばれているからな。警察が『斑雪』を嗅ぎ回っていることを、菱倉にご注進におよぶやつが出てくるはずだ。そいつが一番怖い」

「現物を押さえるしかないわけか」

「ああ、今の段階では家宅捜索もできない」

「娘の婚約者が、男女関係でスキャンダルを起こした。それに腹を立てての犯行という線で何とかならないのか」

秋次郎はいら立ちを見せていた。

安積刑事はかぶりを振った。

「そいつはいくら何でも無茶だ。とにかく落ち着いてくれ。せっかくここまできたんだ。捜査をぶちこわしにしたくはないんだ」

「それはわかってる。わかってはいるがな……」

「あの……」

私は、おずおずと言った。

「家元のお力を貸していただいてはどうでしょう」

安積、秋次郎、中野の三人は私に注目した。

私は説明した。

「お家元は、お茶の世界では立場上かなり、顔がお利きになるはずです。多少の無理も言えるでしょう。それに、お家元のシンパも茶道界にはいるわけでしょう。お道具に関する情報も集めやすいのではないでしょうか。それも、比較的怪しまれずに」

安積と秋次郎は顔を見合わせた。

「そうだ」

秋次郎が言った。

「その手があった。『斑雪』を警察が探していると言えばみんな何事だろうと警戒するが、お茶の家元が、茶器の所在を知りたがるのは不自然じゃない」

「なるほど……」

安積は私の顔をじっと見ながらつぶやいた。

考え事をしているのだというのが、すぐにわかった。

「そいつは悪くない。私のほうから正式に、家元に要請してみよう」

秋次郎が言う。

「あとは、菱倉達雄と石原健悟とが本当に密会をしていたかどうかだな。例えば、電話連絡だけだったら、お手上げなわけだ」

「電話での話し合いだけということはないと思う」

「なぜだ」

「石原健悟のような広告代理店の営業マンにとっては、菱倉達雄と直接会うことに大きな意味があるはずだ。会うだけでハクがつく――菱倉達雄というのはそういった類の人間だ。菱倉達雄自身も、その効果については充分に自覚していただろう。だからこそ、石原健悟は舞い上がって菱倉の言いなりになったんだ。電話だけでは、いくら菱倉達雄といえども、石原健悟をあやつることはできなかったと思うんだ」

「根拠は薄いような気もするが……」

「長年培ってきた勘だ。滅多にははずれないよ」

「あんたの判断を信ずることにしよう」

「きっとしっぽをつかんでみせる。しかも、早急にな。私らは、菱倉に悟られるまえに、がっちりと証拠固めをしちまわないといけないんだ。私らは慎重に動いている。そこでひとこと言っておきたいんだが……」

「何だ」

「あんたらに不用意に動かれたくはないんだ。確かに手がかりをくれたのはあんたたちだ。それには感謝している。だが、今、私らは注意のうえにも注意を重ねたいわけだ。あんたらにも、しばらくは口をつぐんでじっとしていてもらいたいんだ。わかってもらえるな」

「わかってるさ」

秋次郎は言った。

私はうなずいて見せた。

4

月曜日の昼休みに、秋次郎から電話があった。

「何かわかったんですか」

私は尋ねた。

秋次郎は、不自然な間を取った。私はふと不安を覚えた。何かよくないことが起こったことがすぐにわかった。

「オヤジが轢き逃げに遭った」

「え……」

「今、知らせが入った。オヤジが車に轢かれたんだ」

顔から血の気が引いていくのがわかった。

脳貧血で倒れる直前のように、視界の風景が遠ざかりかけた。

「なんですって……」

私は、ぼんやりとつぶやいていた。

「これから、僕はオヤジが収容された病院へ行く」

「私も行きます」

私は思わず大きな声を出していた。

最初の衝撃が去ると、居ても立ってもいられない気持ちになってきた。

「仕事のほうはだいじょうぶなのかい」

「何とか抜けられます」

「わかった」

秋次郎は、病院の場所を詳しく教えてくれた。千駄木にある大学病院だった。

私は、事情を課長に話し、会社を制服のまま飛び出した。

日比谷通りまで駆けて、タクシーを拾った。

タクシーは、日比谷通りをまっすぐに進み、御茶ノ水駅の脇を抜けて、本郷通りを走る。幸い道はすいていて、十五分とかからなかった。

しかし、私は一時間もタクシーのバックシートに閉じ込められていたような気がした。

受付で尋ねると、すでに家元は、救急治療室から、普通の病室に移されているということだった。

私はエレベーターまで駆けて行き、病室へ急いだ。

病室は個室だった。

ノックをして、返事も待たずにドアを開ける。

白い布張りのついたてが視界をさえぎった。

ついたての脇から顔を出すと、若い医者、看護婦、そしてふたりの人相の悪い男が、いっせいに私に注目した。

私は、何か言おうとしたが、言葉が出てこなかった。

おろおろと視線をさまよわせる。

そんな私を救うように、呼びかける声が聞こえた。

「やあ、小高さん、こりゃ、ものすごい形相だ」

それは、家元の陽気な声だった。

私はベッドの上を見た。

医者と看護婦の白衣の間に、ようやく家元の顔を見つけることができた。

家元は上半身を起こしていた。頭と、左腕に、包帯を幾重にも巻かれていたが、にこやかに笑っている。

その顔を見たとたん、全身の力が抜けていった。

あっという間に涙があふれてきて、止まらなくなった。

人相の悪い男たちのひとりが家元に尋ねた。

「どなたですかな」

「うちの弟子です」

「ほう……。お弟子さん……」

男は、意味ありげな眼で私を見た。

「妙に勘ぐらんでいただきたい。私と特別な関係があるわけではありませんよ」

「いや、勘ぐるなんてとんでもない。そりゃ、あなたのほうこそ考え過ぎですよ。私は、お弟子さんがどうしてこんなに早く駆けつけていらしたか、ちょっと不思議に思いましてね。道場は鎌倉なんでしょう?」

男たちは刑事だった。

刑事の片方が私に身分を明かしたうえで、あらためて、家元に言ったのと同じ質問をしてきた。

私は涙をふきながら言った。

「お家元の息子さんが知らせてくれたんです。私、住んでいるのは鎌倉ですが、勤めが丸の内ですので……。それで、タクシーに乗って……」

「ほらね」

家元は言った。

「この娘さんは、私とじゃなくて、息子といい仲らしいのです」

「そんな……」

私は言い返そうとして、言葉を呑み込んだ。家元の、いたずら好きな子供のような笑顔を見て、何も言えなくなったのだ。

刑事は言った。

「息子さん……。次期お家元は勾留中と聞いておりますが」

家元がこたえた。

「次男坊のほうです。秋次郎といいましてな。あの一件についても何かお訊きになりたいのですかな？」

「いえ……」

刑事は曖昧にかぶりを振った。

「では、私たちはこのへんで……」

ふたりの刑事は、目でうなずき合うと、部屋のなかの人間ひとりひとりに頭を下げながら病室の外へ去った。

私の頭に、ようやく尋ねるべき言葉が浮かんだ。

私は若い医者の顔を見つめた。

「それで、けがのほうはどうなんですか」

「ごらんのとおり。たいへん運のいい方だ。もっとも、左の下腕を折られていますがね。単純骨折だから、治りも早いでしょう。ポッキリいってくれたほうが面倒がないんですよ。あとは頭の擦過傷ですが、全治二週間というところでしょうか。頭を打っておられたんで、念のため脳波も見ましたが、異常ありません」

「運ではない、お若いの、鍛練だよ」

医者は苦笑した。

「このぶんでは、入院の必要もないでしょうが、まあ、きょう一日、様子を見ることにしましょう」

そう言うと、彼は看護婦とともに病室から出て行った。

ふたりきりになると、私は尋ねた。

「どうしてまた、こんな場所の病院に……？」

「うん。『斑雪』だよ」

「『斑雪』……？」

「金曜の夜、秋さんと例の刑事さんから話を聞いてね。心当たりに、いくつか電話を入れて尋ねてみた。だが、誰もが知らんという。電話ではらちがあかんと思い、旧知の茶人を直接訪ねて聞いたというわけだ。その古い友人というのが、根津に住んでおってね。その帰り道で、事故に遭ったという次第だ」

「お気の毒です」

「何とも情けない話だ」

「それで……」

「ん……？」

「『斑雪』は」

「うん」

家元の表情がわずかに曇る。

「やはり、手がかりはなかったのですか」

「いいや。その友人は話してくれた。『斑雪』を確かに見たことがある、とな」

「本当ですか」

「本当だ。その男は、『斑雪』が菱倉家に伝わる家宝であることも話してくれた」

私は一瞬言葉を失った。胸のなかが熱くなってくる。

小さな疑問から出発した、私の推理が、大きな事実を言い当てたのだ。

私は、喜びを胸のなかだけにおさめておくことができなかった。自然に顔がほころんでいた。

「だがな……」

家元は、そんな私から眼をそらして、つぶやくように言った。

「問題はこれからだと思う」

「え……？」

「いや……。確かに小高さんの推理が的中したのだ。これはお手柄だな」

「あの……。問題とおっしゃいますと……」

「ああ……。秋さんがきてから話そうと思う。それより、お顔を直しておいたほうがいいんじゃないですかな。じきに、秋さんがやってまいりますぞ」

「あ……」

一瞬のうちに顔が熱くなった。

涙を流したままの顔であることに、初めて気づいた。

「私、ちょっと失礼して、洗面所へ行ってきます」

私は家元の笑顔をあとに、病室を飛び出した。

秋次郎は安積刑事といっしょに病室に姿を現した。神奈川県警のパトカーを飛ばしに飛ばしてやってきたという。

秋次郎は、ドアを蹴破らんばかりの勢いで病室に飛び込んできた。

家元の元気な顔を見て、私から容体を聞くと、彼は、ひとしきり悪態をついた。それが、私の流した涙と同じ意味を持っていることがすぐにわかった。

「そんなことより、秋次郎さん……」

私は言った。

「お家元は、『斑雪』が確かに菱倉家に伝わる家宝だということを調べ出してくださったんですよ」

秋次郎と安積刑事は、私の顔をしげしげと見つめてから、顔を見合わせた。

秋次郎は、顔を輝かせて家元に尋ねた。

「本当か、とうさん！」

「私を甘く見るなよ、秋さん。これくらいのことはいつでも探り出して見せる」

「大手柄だな。実は、こっちでも大きな進展があったんだ」

「何ですか？　大きな進展て……」

秋次郎は、安積刑事を見た。

安積刑事はうなずいてから話し始めた。

「菱倉達雄と石原健悟がいっしょにいるところを目撃したという人間が見つかった。しかも、ふたりの間に、予想もしていなかったような新たな事実があることがわかったんだ」

私と家元は無言で、安積の言葉に聞き入った。

「菱倉達雄は女にはきれいなほうだが、愛人がひとりもいないわけじゃない。彼は、渋谷の南平台にマンションの一部屋を持っていた。仕事が忙しくなったり、また逆にリラックスしたくなったりしたときは、そこにこもることにしていたらしい。いわば男の城だな。いつしか、そこに女が出入りして身の回りの世話をやくようになった。

かつて料亭の仲居だったが、菱倉が金を出して小料理屋を持たせてやった女だということだ」

「目撃者はその女の人なんですか」

私は尋ねた。

「そう。菱倉は用心し過ぎたんだな。料亭やホテルで会って他人に見られるのを恐れた。それで、南平台の持ち部屋で会うことにしたらしい。菱倉は、その女に、その日は絶対に顔を出すなと言ったそうだ。それが藪蛇になった。女は、ほかの若い女でも連れ込むのではないかと、ひそかに見張っていたというんだ。それで、ふたりが部屋に入って行くのを見たというわけだ」

「驚いたわ」

私が言うと、秋次郎が笑った。

「同感だね。どこで誰が見ているか、本当にわからないものだ」

「それで……。新たな事実というのは……？」

安積が説明を続けた。

「菱倉と会った翌日、石原健悟は、三百万——正確に言うと五万円ばかり欠けているらしいが、彼の普通口座に預金していることがわかった。そして、ふたりが会った日の午後、菱倉個人の口座から、同じく三百万が下ろされていた。ふたりの間に金銭の受け渡しがあったことは、ほぼ確実だ」

「お金の授受には、もっと細心の注意を払うものだと思ってましたわ」

「菱倉にとってみれば、三百万ほどの金は、ほんのポケットマネーに毛が生えたくらいの感覚だったのかもしれないな。だから、気楽に銀行から下ろしたのだろう。そして、菱倉にとってみれば、金を受け取った人間がすぐに銀行に預けてしまうなどということは考えられなかったのだろう。彼の常識として、金を受け取った痕跡を残さないのが、最低限の心得だったわけだ。だが、石原健悟にはその常識は通用しなかった。彼は深く考えずに銀行へ行った。それが命取りだった。気がついて悔やんだかもしれんがあとの祭りだ。銀行の記録を消すことはできない」

「でも――」

私は言った。

「その金銭授受はあくまでも状況証拠というやつですね。菱倉が否定し続ければ、決定打とはならないのでしょう」

安積に代わって秋次郎が言った。

「状況証拠だって、何もないよりずっとましさ。これで、菱倉達雄と石原健悟をつなぐ糸がずっとはっきりしてきた」

「そういうことです」

安積がうなずいた。

「それに、オヤジが『斑雪』のことを調べ出してくれた」

私は、家元の顔を見た。さきほどの家元の言葉が気にかかっていた。

家元は、小さく私にうなずきかけてから、秋次郎に向かって言った。

「私の友人は、『斑雪』が確かに菱倉家の家宝だったと言っただけだ。今、この時点で『斑雪』が菱倉家にあるかどうかわからんじゃないか」

「それで充分なんだよ」

「果たしてそうかな。法律のことはよく知らんが、もし『斑雪』が見つからなかった場合、この私の友人の証言を求めようとするだろう」

「当然だろうな」

「だが、この茶人は、証言をかたくなに拒否するだろう。多少なりとも菱倉に恩がある人間なのでな」

「法より恩だの義理だのを重んじるのか」

「茶人にはそういう面もある。信用をなくしては生きていけないのだ。他人をもてなす道に一生を捧げるためには、そういったことも考えねばならない」

「ほかの証人を探せばいい」

「この世界で飯を食っている人間は、多かれ少なかれ、同じようなことを考えておるだろう」

菱倉達雄が日本文化を守り伝えるために、大きく貢献しているという記事を読んだことを思い出した。

菱倉達雄は、伝統文化の世界に少なからず金をまき、発言力を得ているのだろう。

私は、そっと安積刑事の顔をうかがった。彼は、無表情に親子のやり取りを見つめていた。

「『斑雪』が見つかれば、問題はないわけだ。もう王手がかかってるんだ」

「あと一手、詰められるかな。私は、それを心配していたのだ。ほうぼう電話をしても、らちがあかず、わざわざ根津まで足を運び、時間をかけて説得し、頭まで下げねばならなかった。古い友人に、だ。この世界はそれほどに特殊な一面がある」

秋次郎は安積刑事を見た。

「とにかく――」

安積刑事は言った。「捜査本部に、『斑雪』は確かに実在し、しかも菱倉家の家宝であるという情報が手に入ったことは伝えましょう。今、お家元が言われた意見も付け加えてね」

「今のところ、それ以上はどうしようもないようだな」

「秋次郎さん」

安積はひどく気難しい表情になった。

「気になりゃしないかね」

「何がだ？」

「この事故——正確に言えば轢き逃げが、だ」

「狙われたと言うのか」

「可能性はある。お家元、お尋ねしますが、さきほどあなたは、ほうぼうに電話をかけたがらちがあかず、根津に足を運んだと言われましたね」

「さよう。二十本ほどかけましたかな」

「そいつは、いつのことです」

「金曜の夜からけさにかけてですよ」

安積は秋次郎の顔に視線をもどした。

「少なくともゆうべまでに電話を受けた誰かが、菱倉にご注進におよんだとしたら、手を打つ時間は充分にあったことになる」

「だとしたら、事後の処理のことも考えているだろう。すでに車は処分しちまったってところかな——」

「ああ……。あくまでも仮定に過ぎんがね。そうなると、所轄は手を焼くだろうな」

私は男たちの会話を聞いて胸が高鳴るのを覚えた。現実のこととはとても思えない。

「確かに――」

家元ののんびりとした声が聞こえた。一同は注目した。

「明らかに、私を狙っていたようですな。だが、殺すつもりはないようだった。脅しをかけただけなのでしょう。これ以上、深入りするな、とね。だから、この程度のけがで済んだ。ま、けがが軽かったのは、日ごろの精進のせいもあるがね。相山流は武士の茶道だ。身をかわすくらいの心得はあるからね」

私は、また家元の心の強さに驚かされた。

家元は、明らかに狙われて轢き逃げに遭ったことを知っていた。それでいて、おだやかな表情を崩さずにいたのだ。

「身辺に手が伸びてきたことを知って、菱倉の出方も露骨になってきたようだ」

安積は、私と秋次郎に向かって言って、

「あなたたちも、くれぐれも注意してくださいよ」

翌日、菱倉達雄の任意出頭が求められ、同時に家宅捜索が強行されるという知らせを秋次郎から受けた。

『斑雪』が菱倉家に伝わっていたという情報は、捜査本部をにわかに活気づかせたようだった。

裁判所も、最初はあまりに常軌を逸した話なので面食らっていたが、安積を中心とする刑事たちの主張の有効性をついに認めたという。

秋次郎はそれだけのことを話して電話を切った。

受話器を置いた私は、いやな予感に見舞われた。理由はなかった。

警察が、それほど思い切った手段に踏み切ったからには、それなりの勝算があってのことなのだろう。

そう考えたにもかかわらず、私は落ち着きをなくしていった。

この強行策が、警察の致命傷となるような気がしてきたのだ。

私は、そわそわと終業時間を待った。めくる伝票が、手の平からにじみ出た汗で濡れる。

会社が退けると、この日も私は秋次郎のもとを訪れた。

家元の屋敷には安積刑事がきていた。

ふたりの男は精彩を欠いていた。

悪い予感は当たったのだ。見たとたんにそれがわかった。

「『斑雪』はなかったのですね」

私は言った。

　安積は、腕を組んでうなずいた。

「菱倉達雄は、警察で何か言ったのですか」

　安積は首を横に振った。

「出頭の求めに応じなかったんだよ。話すことなどない、と言ってね。任意だからねえ……。こちらも、これ以上、強引な手は打てない」

「そうですか……」

　安積はくやしそうにつぶやいた。

「『斑雪』は必ずどこかにあるはずだ。発見さえできれば、どんなことをしてでも口を割らせてやる。くそっ。どこに隠したって、誰に預けたって見つからないはずはないんだ」

「すでに菱倉の手を離れているんじゃないでしょうか。売りに出してしまったとか、過去に、借金の担保にしたとか……」

　私は言った。秋次郎が顔を上げて説明した。

「『斑雪』はおそらく太閤秀吉ゆかりの品だ。それほどの茶器が、市中にあるとしたら、ありかがわからないはずがないんだ。手から手へ渡るたびに大きな話題になったはずだ。だが、お茶の家元のうちですらそんな話は聞いたことがない。ということは、つまりは、『斑雪』は、まだ菱倉の手のなかにあるということの証左なんだよ」

「だとすれば、今回の犯行を思い立って、一時的にどこかに隠したに違いないんだ」

「計り知れないほどの値打ちのある茶器を、いったいどこへ……」

秋次郎は唇をかんだ。

廊下を駆ける足音が聞こえた。

「安積さん、こちらでしたか」

中野刑事だった。

安積はいかにも不機嫌そうな顔で中野を見上げた。

「何事だ？」

中野は、私と秋次郎を見て、言いよどんだ。その様子に気づいて安積が言った。

「この人たちならかまわん。何があった」

「菱倉達雄が、鎌倉署の捜査本部を、名誉毀損で訴えるということです」

「なんだって……」

「家宅捜索が、えらく気にくわなかったらしいのです」

「野郎……。おかかえ弁護士と相談しやがったな……。正式に告訴されたのか」

「いえ、それはまだですが、さきほど本人が電話で通告してきました」

「ミソを付けちまったな」

「県の公安委員長がかんかんで、署長はおろおろしています」

安積は、ますます苦い表情になった。彼はのろのろと立ち上がった。

「署にもどるのか」

秋次郎が尋ねる。

「ああ……。もどりたくはないがね……」

ふたりの刑事は去って行った。

応接間に残された秋次郎と私は、しばらく何も言わずに、おのおの考えにふけっていた。

重たい沈黙だった。

「私がよけいなことを言わなければ、こんなことにはならなかったのかしら……」

私は秋次郎に尋ねた。

「君のせいなんかじゃない。君の推理は見事に的中していたんだ。あと一歩で菱倉達雄を追い込めたんだが……」

「正式の手続きはまだだと言ってましたね。菱倉が訴えを起こすまえに、『斑雪』が発見できれば、安積さんたちも傷つかずにすむんでしょう」

「ああ、そうだが、いったいどうやって……」

私は考えた。

秋次郎も無言で思案している。

再び長い沈黙が続いた。

私は、ふと思いつくことがあった。

「秋次郎さんなら、『斑雪』をどんなところに隠します?」

「さあな……」

「『斑雪』ほどの茶器が、ひとつだけぽつんとどこかに置かれていたら、それだけ目立ちますよね」

秋次郎も何事かに気づいたように私を見た。

「そうだな……。木を隠すなら森のなかということもある。ほかにも高価な道具類がたくさんあるところなら、それだけ目立たんだろう。しかも、茶器は必ず木箱に収められているから中身はいちいち開けてみなければわからない」

「それはどんなところでしょう……」

「古物商、茶道の道具屋、それに、茶道の師範をやっている人の屋敷——それも、そうとうに位の高い師範じゃなければ多くの道具は持っていない。そして、うちのような家元の道場、あるいはその支部……」

「私は、『斑雪』はそういうところにあると思います。大切な家宝ですから、ぞんざいな扱いを受けるようなところには隠せないと思うのです。例えば、会社の金庫などは、菱倉達雄の留守中に他の社員が開ける可能性があります」

「確かに普段道具を保管しているところは、保存状態にも気を遣っている……。だが、今言ったように、そんな場所は、都内だけでもごまんとあるんだ」

「滅多な人には預けられないと思うんです。何しろ、菱倉は今回の犯罪の証拠隠しをやるわけですから、なるべく人に知られたくはないはずです」

「そうは言ってもな……。菱倉の言いなりになる文化人は多い」

「ことは犯罪なのです。菱倉達雄は、普段、自分たちにぺこぺこしている人間だって信じなかったのではないでしょうか」

「じゃあ、どうしたと言うんだ？」

「菱倉本人が自分の手で隠すのが一番安全だったはずです」

「だが、そのためには、菱倉が自由に出入りできる場所でなくてはならない。そういった道具のいっぱいある場所へは菱倉といえども簡単には近づけないはずだ」

「でも菱倉には、そのチャンスがあったはずです」

「何が言いたいんだ」

「この道場ですよ」

「何だって？」

「あの茶会は、宗順先生と菱倉優子の婚約の発表を兼ねていました。菱倉達雄も朝からこの道場にいたはずです。そして、彼は婚約者の父親です。この屋敷や道場内を歩き回っても、誰も不審に思わなかったでしょう」

「まさかとは思うが……」

秋次郎は立ち上がった。

障子を開けて、廊下に向かって大声を上げる。

「誰か……、誰かいないか」

楠田宗秀が駆けつけた。

「何事でございます。秋次郎さま」

「茶会のあと、道具の点検をしたか」

「出したもののあらためをしただけです。あとの道具には手を触れていないと思います」

「すぐに、道具をあらためるんだ」

「今でございますか」

「ああ、俺も手伝う」

「大仕事ですなあ……」

楠田宗秀は、道場の道具部屋へ向かった。

道具部屋で、ひとつひとつの木箱を開き、中身を確かめて、またひもをかけるという作業が始まった。

秋次郎が言った。

「茶入れだけでいい。見慣れないものがあったら言ってくれ」

楠田宗秀は手を休めずにうなずいた。

「心得ました」

気配を察して、家元がやってきた。病院からもどり、奥で休んでいたらしい。寝間着の上に、羽織をまとっている。ギプスで固めた左腕を、三角巾で肩から吊っていた。

「秋さん、いったいこれは何事だ？」

「オヤジか、宝探しだよ」

家元は戸口にたたずむ私に、あきれたような顔を向けた。

私は曖昧にほほえんだ。

秋次郎は道具の山を見て、溜め息をついた。すでに、すべての茶入れの箱は開け終えていた。

楠田宗秀が両手を膝に置いて言った。

「坊っちゃん。何をお探しかは存じませんが、ここにある茶入れは、すべてこの私がよく知っているものばかりです」

「手をわずらわせたな。すまなかった」

「いえ……」

秋次郎は、落胆の表情を隠そうともしなかった。

家元が言った。

「なるほど……。『斑雪』か……」

「ああ……」

「菱倉がここに隠したと考えたのか。まあ、いい思いつきではあるがな……。しかし……」

「しかし、何だい」

「あまりに非現実的だな。ここは骨董屋の倉庫ではない。茶の家元の道具部屋だ。つまり、ここにある道具類は、常に出し入れされるわけだ。実際に使用せぬものなど茶の道具ではないからな。ここに、見慣れぬ茶入れがあれば、誰かがすぐに気づく。それくらいのことは、菱倉だって考えるだろう。だいいち、菱倉はこの武田家との縁組みを断ってきたのだ。ほとぼりが冷めたのちに、『斑雪』を取りもどそうにも、その手立てがないではないか」

「そう言われてみれば……」

「ヤキが回ったか、秋さん。それともあせりか」

「あの……」

　私は、小さな声で言った。

「実は、私が言い出したことなんです」

「お……」

　家元は、眼を丸くした。

「そうだったか……。いや……着想自体は見事だった。普通ではなかなか考えつかんことだ……。そうか……。小高さんがな……。秋さん、それを早く言わんか」

「何だい、えらく態度が違うじゃないか」

「どれ、私は、もう休むとしよう。楠田さん、戸締まりはくれぐれもたのみましたよ」

　家元は逃げ出すように奥へ消えて行った。


「弁護士のところかな……？」

　居間にもどって、しばらく考えにふけっていた秋次郎が不意に言った。

「弁護士……？」

「『斑雪』の預け先さ……。いや、いざ裁判となったときのことを考えると、弁護士に預けるのは、見合わせるだろうな」

秋次郎は、自ら思いつきを打ち消した。

「秋次郎さんが、もし菱倉の弁護士で、『斑雪』を預かってくれと言われたらどうします」

「やっぱり断るね。そんな危ない橋を菱倉といっしょに渡るのはごめんだ。菩提寺にでも持って行けとでも言うだろうさ」

「え……」

私は秋次郎の顔を見た。

秋次郎も、一瞬遅れて、はっと気がついたように私の顔を見返した。

「そうか……。菩提寺だ！」

「充分に考えられることです。さっそく安積刑事に電話しましょう」

「いや……」

秋次郎はかぶりを振った。

「さんざんあの人を振り回したすえ、窮地に追い込んでしまった。今、あの人は頭をかかえて苦しんでいるはずだ。憶測の段階で知らせたくない。『斑雪』を確認してから連絡したいんだ。菩提寺の調査くらいなら、僕にだってできる」

私はうなずいた。

「わかりました」

「さっそく、あちらこちらへ電話してみるとしよう」

私は時計を見た。

「私は、そろそろ失礼しなくちゃ……。私も明日、会社へ行ったら、広告代理店の人にでもそれとなく尋ねてみます。代理店の人って、クライアントのことになると、びっくりするくらいいろいろなことを知ってるんです。うまくいけば、菱倉担当の人を見つけられるかもしれません」

「わかった」

「何かつかめたら、必ず私に教えてください」

「心得てるよ。送って行こう」

「いえ……。きょうは時間が早いからだいじょうぶです。まだ、バスもありますし……」

秋次郎は門のところまで見送ってくれた。

私は、ひとりで夜道を歩き始めた。

相山流道場からバス通りに出るまで、二百メートルほどの細く暗い下り坂が続いている。

私が、ふと背後に人の気配のようなものを感じたのは、ちょうどその坂道の中間あたりだった。

誰かに見られているような気がした。

恐る恐る振り返ってみる。

人影はない。

家元の病室で、安積が言った言葉を思い出した。

「あなたたちも、くれぐれも注意してくださいよ」――彼はそう言った。

背筋から頰へ悪寒が走り抜けた。

私は足を速めた。しだいにスピードが増し、明るいバス通りが近づくころには小走りになっていた。

私は息をはずませて、停留所に立った。私のまえに三人並んでいた。中年の女性がひとり、学生風の男性がふたりだった。

バスはなかなかこなかった。

私のうしろに、ひとり、ふたりと人が並び始めた。

ひょっとして、私をつけてきた人がうしろに並んでいるのではないだろうか――ふとそんな考えが浮かんだ。手の平が汗でぬれていた。

バスが来る。

私はバスに乗り込むと、私のうしろに続いて来る人の顔をそれとなく眺めた。

中年の男がふたり、初老の男がひとり、若い女性がひとりの計四人だった。

中年の男のひとりは、地味な背広を着て、髪をていねいになでつけている。見たところ、公務員という感じだ。

もうひとりの中年男性は、ジャンパーを羽織り、よれよれのズボンをはいていた。酒が入っているらしく、赤い顔をしている。商店街に軒を並べる、魚屋か八百屋の主人といった風体だ。

初老の男は、いかにも古くから鎌倉に住んでいるというタイプの、上品な紳士だった。茶のスポーツジャケットにベージュのスラックスを身につけ、首にはアスコットタイを巻いていた。

女性は私と同じくらいの年齢に見えた。見たところ、どこといって変わったところのないOLだ。

私は四人の顔を記憶した。

必要以上に警戒心が強くなっているのかもしれない。だが、事実、家元は轢き逃げに遭っている。注意するに越したことはないのだ。

私は、バスの最後尾の席にすわり、四人の様子を見た。

最初に降りて行ったのは、ジャンパー姿の中年男だった。

その次が、初老の紳士。そして、若い女性。

三人がバスを降りたころには、私はすっかり落ち着いていた。やはり、取り越し苦労に過ぎなかったのだと私は思った。

公務員風の男は、どう見ても、物騒な人物には見えなかったのだ。

私が降りる停留所で、その男もバスを降りた。

だが、私はそれほど気にしなかった。単なる偶然に違いないと思ったのだ。

なぜなら、停留所が近づくと、私より先にその男が席を立ち、出口に歩み寄ったからだった。彼は、私のほうを一度も見なかった。

バスが止まり、その男は出口のステップを降りた。

私は彼が歩き去るのを確かめてから、バスを降りた。

すでに男の姿は見あたらなかった。

私は、わが家への道を急いだ。住宅街の細い路地は、暗く、人通りがなかった。

角をあとひとつ曲がると、わが家の門灯が見えてくる――私は、そう思い足を速めた。

その角から、ふらりとひとつの影が現れた。

心臓を冷たい手でわしづかみにされたような気がした。私は息を呑んでいた。

現れたのは、さきほどのバスのなかの男――公務員風の男だった。

「小高さんだね……。小高紅美子(くみこ)さん……」

私は声を出すことができなかった。

悲鳴を上げるタイミングを逸してしまったような気がした。

どうしていいかわからず、黙って男の話を聞くしかなかった。

男は、両手をズボンのポケットに差し込んでいる。暗くて表情はよく見えない。

「私はね、こうあんたに伝えるように、ある人からたのまれたんですよ。これ以上、よけいなことに手を出さないで、おとなしくしていてください——とね」

男は、右手をポケットから出した。

ゆっくりとその手を、こちらのほうへ差し出してきた。

私は初めて悲鳴を発した。

しゃにむに男を突き飛ばし、駆け出していた。

男が何をするつもりだったのかは、まったくわからない。ただ、肩でも軽く叩くつもりだったのかもしれない。

そんなことはどうでもよかった。男の目的が、私を脅かすことなら、充分に目的を果たしたと言えるだろう。

ただ夜道で一言声をかけられただけで、私は恐怖にすくみ上がっていた。

気がついたら、私は玄関の中で大きく息をはずませていた。

5

朝の通勤電車のなかでも、落ち着かなかった。昨夜の男が、どこからかじっとこちらを見ているような気がして仕方がない。

昼休みに、私はたまりかねて公衆電話のボックスに駆け込んでいた。

私は秋次郎に電話をかけて、昨夜の出来事を話した。

「うかつだった。やはり君を家まで送って行くべきだったんだ。菱倉が、君にまで眼をつけるとは思ってもいなかった」

「見たところ、公務員みたいなおとなしそうな人でしたが……」

「探偵かその類だろう。君の素行調査をして、そのついでに、ちょいと脅しをかけたというところだろうな」

「自分がこんな目に遭うなんて考えてもいませんでしたわ」

「菱倉がそれだけあせり出したということだ。ちょうどいいときに電話をくれた。菱倉家の菩提寺がわかったよ。弁護士をやっている大学時代の同級生が調べ出してくれたんだ。三田にある寺なんだがね。これからそこへ出かけてこようと思う」

「そうですか。結果をぜひ知らせてください」

「うん。電話する。ゆうべのことはショックだったろうが、事件はいずれ必ず解決する。あとしばらくの我慢だ」

「はい。私はだいじょうぶです。ちょっと驚いただけです。秋次郎さんの声を聞いたら、急に落ち着いてきました」

これは本心だった。

「よし、その調子だ」

秋次郎は電話を切った。

不思議なほど心が軽くなっていた。さきほどまで、見えない影におびえていたのが嘘のようだった。私ははずむような足取りで職場にもどった。


それから約二時間後、秋次郎から電話があった。

「どうでした？」

「残念ながら、『斑雪(はだれゆき)』はなかった。住職の話だと、そんな茶器のことは聞いたこともないという」

「菱倉が手を回して口を封じたんじゃないでしょうか。菱倉ほどの家だったら、檀家としてもそうとうに力を持っているでしょうからね」

「僕もそれは考えた。だが住職の話はどうやら嘘ではないらしい。というのも、菱倉がこの寺の檀家になったのは、どうやら戦後のことらしい。その時期に先祖の墓を東京へ移したらしいんだな。だから、菱倉とこの寺の関係はそれほど深いものではないんだ」

「じゃあ、墓を移すまえの菩提寺が……」

「僕もそうにらんだ。それで、住職に墓を移すまえの菩提寺はどこかと尋ねたんだ」

「わかったんですか」

「ああ。菱倉というのは、堺にいた時代にもやはりたいした豪商だったようだ。地方都市というのは、金の力というのが他の側面にすぐ反映する。戦後は東京の無名な寺の檀家となってしまったわけだが、それまでは東京に居を構えてからもしばらく、堺の有名な寺の檀家だったんだ。家原寺という高野山真言宗の寺なんだがね……」

「へえ、そんな有名な寺で菩提をとむらっていたのに、どうして東京に墓を移したりしたんでしょう」

「菱倉達雄の先代かその前の代の人物が、えらく合理的な人物だったらしい。堺から全面的に引き揚げて、本格的に東京に故郷を移す覚悟をしたんだそうだ。明治から戦後まで、菱倉家は三田に住んでいたということだ」

「手っ取り早く、近所の寺の檀家になったというわけですか」

「そういう方面には興味はなかったのだろう。あるいは、理由は金銭的なことだったかもしれないな。堺の家原寺ほどの寺の檀家となると、いろいろと出費がかさんだはずだ。その出費をひかえようと、東京では比較的目立たない檀那寺を選んだのかもしれない」

「菱倉達雄は不満に思ってるかもしれませんね。先祖供養に熱心だという噂ですから」

「僕もそう思う。だから、菱倉達雄は、かつての菩提寺である家原寺とつながりを持っていると思うんだ。そして、『斑雪』は東京の菩提寺ではなく、そちらへ預けた……」

「今度こそ見つかりそうな気がするわ」

「僕もさ。きょう中に、電話で住職との面会の約束を取りつけ、明日、堺まで行って来ようと思う」

「期待しています」

「ああ。必ずいい知らせを持ち帰るよ」

電話を切った直後から、私は考え続けた。

このまま、じっと秋次郎からの知らせを待っていることができるだろうか、と。

退社時間が過ぎ、家路へつく。

その間も、ずっと同じことを考えていた。

夕食をすませ、二階の部屋に上がり、ようやく自分がどうすべきかを決断することができた。

私は、旅行鞄をタンスの脇から引っぱり出して、荷作りを始めた。

簡単な旅じたくが整うと、階段を降りて、秋次郎に電話をした。

「私、迷ったんですけど……」

「何だい？」

「明日、いっしょに堺へ行くことにします」

「何だって……？　会社はどうするんだ？」

「休んだってかまいません」

「男とのふたり旅だよ。家の人には何と言うんだ？」

「日帰りの予定じゃないんですか」

「そうなるかもしれないし、そうならないかもしれない」

「いいんです。何とかします」

「そうか……。君がそう言うのなら……」

秋次郎とは、午前十時に新横浜の改札で待ち合わせることにした。

電話を切ると、私は母に告げた。

「明日は、会社の研修で大阪まで行くから」

嘘はあとでばれるかもしれない。それでもかまわないと思った。とにかく、家を出て新幹線に乗ってしまえば。

その夜は、妙に気持ちが昂っていた。『斑雪』を発見できるかもしれないという期待のせいだったのか、それとも、もっと別な何かの予感があったのか、自分でもわからない。

翌朝、私と秋次郎は、疾走する新幹線に並んで腰かけていた。

堺はおもしろい町だった。現在では、阪神工業地帯の中枢をになう日本有数の工業都市だが、中世に自由都市として栄えた名残も見ることができる。さらに、丘陵部には、弥生文化遺跡や、仁徳天皇陵はじめ多くの古墳がある。

あらゆる時代を通して、この町に産業が栄えなかったことはないのではないかと私は思った。

家原寺は、三国丘台地の南にあった。

そのあたり一帯は、家原寺町という地名になっている。家原寺がいかに勢力を誇った寺であるかがわかる。

住職との面会は、二時の約束だった。

私たちは、五分前に山門をくぐった。

堂の壁を見て驚いた。無数の落書きがあったのだ。

秋次郎によると、すべて合格祈願の参詣者の落書きだという。この寺の本尊は、知恵を授ける仏、文殊菩薩(もんじゅぼさつ)であるため、こういう風潮が生まれたのだ。家原寺は別名「落書き寺」と呼ばれているそうだ。

私たちは二時ちょうどに、住職を訪ねた。


「存じませんな」

僧侶は言った。

「確かに、菱倉家の方とは今もお付き合いをさせていただいております。しかし、その茶器のこととなると、聞き初めですな」

「私は、相山流茶道家元の名代としてうかがっております。どうか本当のことをおっしゃってください。私は噂に高い『斑雪』を一度この眼で拝見できればそれで結構なのです。他意はございません」

「そうは申されましても」

僧侶は、心底困りはてた様子だった。

「こちらとしても、本当に心当たりがないのですよ」

秋次郎は、すがるような眼を相手に向けていたが、やがて力尽きたように視線を落とした。

「菱倉達雄氏から、最近連絡はありましたか」

私は尋ねた。

「いいえ、ここのところはご無沙汰ですなあ」

僧侶に動揺の色はまったくなかった。

「本当に、ここにはないのですね」

秋次郎は念を押した。

僧侶はきっぱりと言った。

「確かです。愚僧はそのような茶器にはお目にかかったこともありません。相山流お家元の名代とおっしゃいましたな。そのような方のたのみとあらば、ぜひともその茶器をご覧に入れたい。もし、ここにあるのでしたらばね」

秋次郎と私は、丁重に礼を述べて、家原寺を後にした。

山門を背にそぞろ歩きながら秋次郎は言った。

「菱倉達雄が『斑雪』を預けるとしたら、犯罪に関係していることを隠すはずだ。だから、預かった人間がその茶器を見たいという者に嘘をついてまで隠し通す理由は何もない」

「つまり、ここには、本当にないと判断されたわけですね」

「そういうことだ……」

「これからどうします？」

「いよいよ八方ふさがりだな……」

ふたりはしばらく無言で歩いた。

ふと秋次郎が言った。

「せっかく堺まできたんだ。南宗寺に寄ってみるか……」

「南宗寺……？」

「ああ……。たしか南旅籠町というところにあったはずだ。そこには、武野紹鷗の墓碑があるんだ。千利休の師だから、わが開祖、武田宗山は、紹鷗の孫弟子ということになる。それに、遠い先祖ではわが家は紹鷗と血縁関係にあったということだからな……」

「そうですね……」

私は、遠い先祖の血縁関係という言葉が、ふと気にかかった。

心のなかで、小さく光るものがあった。私は立ち止まっていた。

「どうしたんだ？」

「菱倉家ゆかりの寺が、もうひとつあるじゃないですか……」

「何だって……？」

「遠い昔のことなんで、無視しちゃってたんです。最も重要なお寺を忘れていたのかもしれません。ほら、柿坂留昏のひとり息子を預けたという……」

「そうか！　清正を預けた京都の久遠寺だ！」

私たちは、すぐさま京都へ向かうことにした。

阪和線で天王寺まで行き、そこで乗りかえて新大阪まで行く。

新大阪から新幹線で京都まで向かうのだ。

「久遠寺なんて、聞いたことありませんわ。どこにあるんですか」

「無理もない。観光のガイドブックなんかには、ほとんど載っていないからね。久遠寺は嵯峨野にある。二尊院や落柿舎のそばといえば見当がつくかな」

「ええ、だいたい……」

「もし、久遠寺にも『斑雪』がなかったら……」

「え……？」

「ちょっと面倒なことになるな」

私は何も言わなかった。

「安積刑事たちは、正式に訴えられることになるだろう。菱倉は、いつ訴えを起こす気かはわからんが、僕たちにもう時間がないのは確かだ」

「はい……」

「久遠寺に『斑雪』がなかったら、僕たちの負けということかな」

「いいえ」

私は言った。

「また出直せばいいんです。頭をしぼって一から考えればいいんです。告訴されたって、それで捜査が終わるわけではないでしょう。安積刑事たちにも戦ってもらいましょう。私たちも戦いましょう」

秋次郎は驚いたように私を見た。

「私、いやなんです。力と金のある者が常に勝ち、弱い者はただ我慢しなくちゃならないようなことが……」

「意外だったな」

秋次郎は言った。

「君がそんなに強い人だったなんて」

「強くなんかないんです。ただ、くやしいんです。このままじゃ、あまりに……」

秋次郎はうなずいた。

「よし。やれるところまでやってみようじゃないか」

京都駅からタクシーを飛ばした。

嵯峨野に着くころには日が傾いていた。

私は山に抱かれたような、緑の嵯峨野が好きだった。点在する寺社も、京都のほかの寺に比べ、つつましく感じられる。

念仏寺、常寂光寺(じょうじゃっこうじ)、落柿舎、二尊院、みんな私の好きな場所だった。

だが、今はそれどころではなかった。

タクシーを降りると胸が高鳴っているのに気づいた。秋次郎も同じ気持ちだろう。

久遠寺の山門が見えた。

「用事はすぐに済みます。待っていてもらえますか」

秋次郎はタクシーの運転手にそう告げた。

私たちは、久遠寺に乗り込んだ。

境内はひっそりとしていた。

日が色づき始めている。遠くでカラスが鳴いた。

私たちは、本堂脇の庫裏(くり)を直接訪ねた。

住職の家人らしい人が私たちを迎えた。

「ご住職にお話があり、鎌倉の相山流からやってまいりました」

秋次郎が言うと、すぐに本堂に案内された。

住職は、夕刻のお勤めの最中だった。

私たちは、本尊に向かって正座し、勤行が済むのをじっと待った。

手の平に汗がにじむ。

やがて、住職は鉦を打ち鳴らし、深く頭を垂れた。

くるりとこちらに向き直ると、住職は言った。

「愚僧に何かご用でしょうか？」

「鎌倉の相山流からまいりました」

秋次郎が告げた。

「ほう……。事件のことは知っております。このたびは、たいへんでしたね」

「きょうおうかがいしたのは、ご住職にお尋ねしたいことがあったからです」

「私でわかることでしたら何なりと……」

「菱倉達雄氏をご存じですか」

「はい」

住職は静かにうなずいた。

「この寺は、菱倉家と少なからぬゆかりのある寺だということです。ご先祖にあたる柿坂留昏という茶人の一粒種をお預かりしたことがあるとかで……」

秋次郎はうなずいた。彼は、かすかに喉を鳴らしてから尋ねた。

「最近、菱倉氏から連絡があったというようなことは……」

「はい……。ずいぶんご無沙汰をしておったのですが、先日……何日くらいまえになりましょうかねえ……。お使いの方が突然見えられて……」

「何かを預けて行かれた」

「よくご存じで……」

秋次郎の興奮が手に取るようにわかった。

「茶器ではないですか？　菱倉家の家宝の『斑雪』という……」

「ええ、確かに茶器ですが、さて、銘までは知りませんでしたなあ」

「今、ここにありますか」

「もちろん」

私と秋次郎は顔を見合わせた。

体がふるえて止まらなかった。

秋次郎が言った。

「見せていただけないでしょうか」

「人さまからの預かりものですからなあ……。ま、でも、ご覧になるだけならかまわんでしょう」

住職は、私たちを庫裏へ案内してくれた。

「これです」

住職は細長い木箱を取り出して、私たちの前に置いた。

「拝見します」

秋次郎は注意深く箱のひもを解いた。ひもは、ともすればちぎれてしまいそうなくらいに色あせ、いたんでいた。

木箱はすでに茶色く変色しており、すべての角が落ちている。

蓋をそっと持ち上げると、和紙に包まれ、さらに、緞子（どんす）の袋に入れられた茶器がおさまっていた。

秋次郎は、緞子の袋から茶入れを取り出した。

「唐物だな」

秋次郎はつぶやいた。

スマートな形をした茶入れだった。上部の張り出した部分を肩というが、その茶入れの肩には、白い釉薬（うわぐすり）が浮き上がっていた。

それが、融けかかった新雪のように見える。

秋次郎は丁寧にその茶器を置くと、箱の蓋を取って、箱書きを読もうとした。古い墨跡だった。

長い間、眉を寄せていた秋次郎だったが、やがて、気の抜けたような顔で私を見た。

彼はぽつりと言った。

「見つけたよ」

「え……」

「間違いない。確かに『斑雪（はだれゆき）』だ」

6

ホテルフジタのバーラウンジから鴨川のほとりが見えていた。

夕暮れの鴨川べりは、若いカップルでいっぱいだった。

私と秋次郎は勝利の乾杯をした。

秋次郎は、グラスに霜のついたマティーニを、私はシェリー酒を楽しんだ。

ふたりは、ほとんど言葉を交さなかった。

まだ公判も始まっていない。検察側の証拠も充分なのかどうかはわからない。

だが、今、この瞬間の喜びは何者にも犯されないほど大きなものだった。ふたりは、その感激にひたり、酔っていた。

「これで、事件のいちばん大きなポイントが証明される」

夢を見ているような眼で秋次郎は言った。

私は黙ってうなずいた。

そのとき、ウエイターが、二杯目の飲み物を運んできた。

秋次郎が言った。

「たのんでないよ。間違いじゃないのかい」

「いえ」

ウエイターは丁重な態度で言葉を返した。

「あちらのお客さまからのプレゼントでございます」

私たちは、ウエイターの示した方向を見た。

私は息を呑んだ。

思わず秋次郎の顔を見た。秋次郎の眼が鋭く光っていた。口を真一文字に結んでいる。

菱倉達雄が席を立ち、ゆっくりと私たちのほうへ近づいてくるのが見えた。

彼は私たちのテーブルの脇に立った。

秋次郎と私は無言で菱倉達雄を見つめていた。菱倉達雄も黙然と私たちを見返している。

やがて、菱倉達雄は言った。

「少し話をしたいんだが、同席させてもらえんかね」

秋次郎は、しばらく考える間を取ってから立ち上がった。秋次郎は、私の隣に席を移した。

菱倉達雄は、私たちの向かい側の席にゆっくりと腰をおろした。

ウエイターが、菱倉のまえにブランデーのグラスを置いて行った。

菱倉達雄はやつれていた。長いあいだ苦悩にさいなまれた疲れが、顔に刻まれている。

血色が悪く、眼は落ちくぼんで見えた。ただその眼だけは、神経質そうに光っている。

相山流道場で見かけたときの、一種病的な雰囲気が、今はじかに伝わってくるような気がした。

彼は言った。

「今さら、自己紹介する必要もないだろう。こちらも、あなた方おふたりのことはよく知っている」

秋次郎は、経済界の巨人を見すえて言った。

「話があるとおっしゃいましたね」

菱倉は、よく光る眼を秋次郎にすえた。さすがに、巨大経済帝国の主だ。その眼光には他人を圧倒する迫力がそなわっていた。

「まさか『斑雪』に気づく人間がいるとは思わなかった。いわんや、その隠し場所を探り当てるなど……。私は敬服しているのですよ。あなたたちは、私に言わせれば、不可能を可能にしたのです」

「運が良かったのかもしれません。あなたのお好きな神仏の加護がこちらにあったのかもしれませんよ。わざわざ、私たちの推理力をほめるために京都までいらしたのですか」

「私は最後まで戦いをあきらめない人間です。幼いときから、そういう教育を受けておりますんでね」

「ほう……。どうなさるおつもりですか？」

「あなたたちから『斑雪』を取り返します。警察に証拠物件として提出されるまでは、所有権は私にあります。当然の要求だと思いますが……」

「お断りしたら……？」

菱倉はわずかに悲しそうな表情になった。

「私はいろいろな人間を動かすことができます。金の力は偉大なものです。この街でも、物騒な連中を自由にあやつることができる。しかも、理由を説明する必要なしにね」

「脅迫ですか」

「いいえ、事実を正確にお伝えしているだけですよ。例えば、このお嬢さんです。小高紅美子さんとおっしゃいましたね。彼女の心に永遠に消えない傷を残すようなことを、実に手際よくやってくれる連中がごまんといるのです」

秋次郎は押し黙った。ありとあらゆるののしりの言葉が彼の心のなかで渦巻いているのがわかった。

菱倉達雄は言った。

「さあ、『斑雪』を返していただきたい。今すぐに。そうすれば、あなたたちには危害は加えないことを約束しましょう」

秋次郎はテーブルを見つめていた。彼はゆっくりと顔を上げた。

「残念だが、手遅れでしたね」

「手遅れ……？」

「僕たちが、あの寺から『斑雪』を持ち出せると思いますか。久遠寺の住職は、あなたから『斑雪』を預かったのです。突然現れた素性も明らかでない人間に『斑雪』を渡すはずがないじゃないですか。それに、僕だって、大切な証拠物件を持ち歩くような危険な真似はしたくありません。僕らが『斑雪』を持っているなどと考えること自体、あなたの判断力が正常でないことを物語っています」

「では、……『斑雪』は……」

「僕は、久遠寺からすぐさま京都府警に電話を入れました。私服警官がこっそりと久遠寺を訪ね、『斑雪』を管理下に置いたはずです。あなたは、それに気づかなかった。たぶん、誰かに僕たちを尾行させたのでしょうが、その尾行者は、僕たちだけに気を取られていたのでしょうね。僕たちは、すぐさま待たせてあったタクシーで退散しましたからね。つまり、こういうこともあろうかと、陽動作戦に出たわけですよ。京都府警では、鎌倉の捜査本部と連絡を取り合ったはずです。証拠物件受け渡しのためのね。今ごろは、私服警官が『斑雪』をかかえて、鎌倉へ向かっているでしょう」

菱倉は、驚きと落胆を露わにした。仮面を取るのを見ているような気分だった。

やがて彼は、がっくりと椅子の背もたれに身をあずけた。眼は、うつろにテーブルの上を眺めている。きっと、その眼には何も映っていないだろう。

秋次郎は言った。

「あなたは負けたのですよ」

菱倉達雄は、疲労と緊張の極に達したように見えた。

「私が負けるだと」

茫然とした体でそうつぶやくと、菱倉は力なく笑った。

「裁判はこれからなんだ。勝負は、まだまだだよ」

「ひとつ、聞かせてください」

私は言った。

「何だね」

疲れ切った菱倉の声が返ってくる。

「九門京子先生に刃物を持たせたのは、あなただったのですか。宗順先生が石原健悟を殺してしまう……あなたはそこまで読んで今回の事件を仕組んだのですか？」

菱倉はなおも、悄然とした様子だった。

彼は両の手で目頭をこすってから言った。

「信じて欲しい。私は、武田宗順をスキャンダルに巻き込めればそれでよかったのだ。相山流はあの男の手腕で発展を遂げつつある。私は、武田宗順が憎かった。だが、直接手を下すような愚かな真似はしたくない。ああいう人物を社会的に葬るには、スキャンダルがいちばんだと気づいた。そのスキャンダルは、相山流の家名の傷となり、憎い相山流は存続の危機に大あわてすると読んだのだ。それで、石原健悟を宗順と九門京子のまえに登場させただけだ。私は、武田宗順が社会的な命脈を絶たれ、相山流がダメージを受ければ、それで満足だったんだ。それからあとの殺人事件に関しては、純粋に九門京子の殺意によるものだ。刃物を持ち出したのも、あの女の判断だった」

「あなたが石原健悟を送り込みさえしなければ、宗京先生——九門京子先生は殺意など抱かずにいたのです。すべて、あなたのせいです」

「私が計画を練る動機となったのは、武田宗順への憎しみだ。それを言うなら、宗順の身から出た錆ということになる」

「なぜ、宗順先生をそれほど……」

「あの男は、私をあざむこうとした。大切な私の娘をたぶらかし、利用して、この私を出し抜こうとしたのだ」

「どういうことです」

「今は、これ以上話す必要はない」

菱倉は立ち上がった。

「失礼するよ」

彼は去って行った。ぎこちない歩き方だった。口では何と言っても、そのうしろ姿が、敗北を認めているような気がした。

秋次郎が言った。

「さあ、乾杯のやり直しだ」

「ええ」

私はほほえんでグラスを持ち上げた。

秋次郎は席を立って、部屋を取るためにフロントへ行った。ホテルフジタは家元の京都での定宿で、予約なしでも間違いなく部屋を取れるということだった。

バーラウンジにひとり残って、私は考えた。

私と秋次郎は、この事件がきっかけで、ずいぶんと親しくなった。

驚きに満ちた出会い——。そして私は彼のさまざまな顔を発見した。秋次郎には、人を引き寄せる才があるようだ。

だが、私は、秋次郎の素顔を見ていないような気がした。

もっと近づきたい。もっと彼のことを知りたい、と思っている自分に気づいた。今までは秋次郎のやさしさに甘えているだけだった。

私はいったい、彼のことをどう思っているのだろう——私は自問した。

今夜のうちに、その答えを出せるかもしれない。私は、そんな期待をともなった予感のようなものを感じていた。

「シングルをふたつ取っておいた」

秋次郎がもどってきて、私に告げた。

「チェックインをしてから食事に出かけよう」

私は荷物を持って立ち上がった。

私たちは、四条河原町で京料理をおおいに楽しんだ。

ホテルへもどったのは九時を回ったころだった。

「きょうは疲れただろう。ゆっくり休むといい」

秋次郎はそう言うと、自分の部屋に鍵を差し込んだ。

秋次郎の部屋は私の部屋の隣だった。

私ははぐらかされたような気分になった。

部屋に入り、ベッドに身を投げ出すと、私は考えた。

秋次郎は、私には何の興味も持っていないのだろうか。

事件解決のための単なる協力者――それだけだったのかもしれない。

「何よ！　まったく、変なところで子供なんだから」

私は声に出して言った。

女が男とふたりで旅に出る――それを覚悟するまでの気持ちを、彼はまったく理解しようともしていない。

(こっちから部屋を訪ねようかしら)

旅に出たせいで大胆になっているらしい。私はそんなことまで考えていた。

ドアをノックする音がした。

私はベッドから起き上がった。

「はい……。どなた？」

「僕だ。秋次郎だ」

私はドアを開けた。

「ちょっと、忘れていたことがあってね」

秋次郎は言った。

「お邪魔してかまわないかな」

「どうぞ……」

秋次郎は、立ったままで私に尋ねた。

「今でも、兄貴のことを想っているか」

私はうつむいて、首を横に振った。

「宗京先生の想いにはとてもかないません。子供じみた憧れに過ぎなかったんです。

それがよくわかりました」

「そうか。それだけ確かめておきたかったんだ」

「それだけですか」

私は秋次郎を見つめた。秋次郎は眼をそらさなかった。

「いや」

彼は言った。

「それだけじゃない」

彼は手を伸ばし、こわれ物に触れるように静かに私の両肩をつかんだ。

そっと引き寄せられる。私は眼を閉じた。

冷たい唇を感じた。

一度目は軽く、そして二度目は力強く。

現実の世界が遠のいて行った。抵抗感などまったくなかった。

気がついたら、私はベッドの上にいた。

「待ってください」

私は小さな声で言った。秋次郎は私を抱きすくめたまま顔を見つめた。

「シャワーを浴びさせてください」

その夜、私は、頭の中に白い霞がかかったような幸福感のなかで、秋次郎のたくましい感情を受け入れた。

7

家へ帰ると、ひと悶着あるのではないかと、覚悟していた。

しかし、母も父も何も言わなかった。

母などは、京みやげの漬け物に大喜びしているありさまだ。何だか拍子抜けするとともに、少しばかり罪悪感を感じた。

「大阪出張と言っていたけど、京都まで足を伸ばす時間があったんだね」

母は言った。

母は私の嘘を疑おうともしていない。漬け物の袋をうれしそうに、ためつすがめつしている母の姿を見て、哀れさすら覚えた。

どんな形であれ、もう誰も裏切りたくはない。私はふとそんなことを思った。


その後は、何事もなく日が過ぎた。

秋次郎がようやく電話をかけてきたのは、土曜日の午後だった。

安積刑事といっしょだという。私は、相山流の屋敷を訪ねることにした。

「名探偵の登場だ」

私が応接間に顔を出したとたん、安積刑事が言った。

「事件は無事解決というわけですね」

私は尋ねた。

「今度こそ、本当に一件落着だよ」

「詳しく話してやったらどうだ。そのためにわざわざきてもらったんだ」

秋次郎が安積に言う。

安積はうなずいた。

「『斑雪』を菱倉達雄に見せたら、案の定、そんな茶器は知らないと言い張った。だが、娘の優子があっさり認めたよ。確かに菱倉家に伝わる家宝だ、とね。あとは、菱倉に手持ちの証拠をどんどん突きつけてやっただけで、やっこさん蒼くなっちまった。私らも、名誉毀損だの何だのと脅かされていたからね、逮捕状を片手に、根性をすえて締め上げた。観念したのか、菱倉は、弁護士を呼ぶのも忘れて、罪状を認めたよ」

菱倉は京都ですでに敗北者となっていた。逃げ隠れもせず、弁護士も呼ばなかったのはそのせいだろうと私は思った。

「どういう罪になるのですか。菱倉達雄は、今回の事件には直接手を下していないのでしょう」

私が尋ねると、秋次郎が言った。

「刑法の解釈でね、間接正犯というのがある。これは、他人を道具として利用することにより、犯罪を実現した場合を言うんだ。これは、直接正犯——つまり、直接犯罪を犯すのと同様に単独犯の一種なんだ。そこが、教唆犯と違うところなんだがね……。教唆犯は、手を下す人間にも罪を犯す意志がある。つまり、共犯なわけだ。間接正犯の場合、直接手を下す人間は、あくまでも道具でしかない。今回、菱倉はこの間接正犯に当たる。つまり、石原健悟を道具として利用したわけだ。したがって、石原健悟のやったことがすべて菱倉達雄の罪になる」

安積刑事が補足した。

「具体的に言うと、九門京子と武田宗順氏への脅迫、および武田宗順氏への殺人未遂ということになる。おっと……。それに、お家元に対する傷害罪だ。あの轢き逃げはやはり、秘密をあばかれるのを恐れたあまりの、菱倉の差し金だったよ」

「宗京先生と宗順先生はどうなるのですか」

安積が答えた。

「宗順氏に殺人罪が適用されないのは明らかだ。検事の判断にもよるが起訴猶予の可能性も出てきたな。九門京子の場合は、明らかに復讐の目的があったわけだから、そうはいかないが、菱倉に、知らないうちに踊らされていたわけだから、情状酌量で大幅に減刑されるだろう」

「そうですか……」

「実はね、菱倉が激怒した背景には、やはり兄貴のもくろみがあったらしいんだ」

私は、京都で菱倉がそのことをほのめかしていたことを思い出した。

「どんなもくろみだったのですか」

「柿坂留昏の怨みを、血縁関係を結ぶことで解消させてしまおうとしたんだな」

私は驚いて秋次郎の顔を見た。

「じゃあ、宗順先生は、菱倉が柿坂留昏の子孫だということを知ってらしたのですか」

「そう。だから、宗京さんを捨ててまで、菱倉の縁談に夢中になったんだ」

安積が秋次郎の言葉を引き継いだ。

「菱倉達雄が逮捕されたことを教えたら、武田宗順氏はすべて話してくれましたよ」

「いったい、いつから……」

「菱倉優子とかなり親しくなって、彼女から夕食の招待を受けたことがあったそうです。三ヵ月ほどまえのことらしいのですがね。そのときに、菱倉優子が『斑雪』を宗順氏に見せたらしい。もちろん、菱倉優子は何も知らなかったわけです。だが、宗順氏は、その茶器の銘を見たときに、すべてを悟ってしまったというわけです。それで、結婚の決意をしたのですな」

「どうして宗順先生は黙ってらしたのかしら」

「武田宗順氏は、あくまでも相山流のことを考えたわけです。先祖代々怨みを買っている茶の流派などということが世間に知れたら、大きなイメージダウンだ。宗順氏は、ひたすらそのことを恐れたんです。やはり、私が見込んだとおり、あの人はサムライでした」

私は、なぜかひどく悲しくなった。

安積は続けて言った。

「菱倉優子は何も知らずに、この縁談を喜んだ。だが、先祖の怨みを知っている菱倉達雄はすぐに宗順氏のもくろみに気づいたんです。彼は怒った。娘かわいさが、怒りをさらに助長したのかもしれない」

「そうだったんですか……」

事件は解決した。

罪を犯した人間はすべて逮捕された。

だが、今、私には誰も憎むことはできない。罪を犯した人、死んでいった人、そして残された人々、すべての関係者が、悲しみをさそった。


安積刑事は署へ帰って行った。

いつしか、安積刑事と秋次郎の間には独得の親しさが形作られていた。

お互いに能力と人柄を認め合い、それでいて、そのことを決して態度に表さない関係——はたから見ると、よそよそしいが、本人たちだけが心を通わせている世界だった。

ふたりは、この先もこの淡い交際を長く続けていくのだろう。

「オヤジに会って行くかい」

思いついたように秋次郎は言った。

「ええ、ぜひ……」

私は答えた。

家元は庭を見ていた。

あいかわらず左腕を肩から吊っていたが、すっかり元気を取りもどした様子だった。

いつか、私にお茶を点てくれた日と同じく、まるで、風景のなかにとけ込むように立っていた。

私は、その姿を見て、ようやく事件が解決したんだという安堵感をわがものにすることができた。

家元の姿は、見る人の心を落ち着かせてくれる。

私は、今まで、まるで夢でも見ていたような気がした。現実感がもどってきつつあった。

家元が私たちの気配に気がついた。

「おお、小高さん」

秋次郎が言った。

「彼女がオヤジに会いたいと言うから……」

家元はやさしくうなずいた。

「私もふたりに話がある」

「俺たちに」

「そうだ。酒を用意させるから、小高さん、今夜は一杯付き合ってくださらんか」

私は秋次郎の顔を見た。

「俺たちふたりに話があると言うんだから……」

彼は言った。私はうなずいて、家元に答えた。

「喜んでごいっしょさせていただきます」

「ありがとう。食事のまえに秋さんにやってもらいたいことがある」

「何だい」

「この私に、茶を一服点ててほしい」

さすがの秋次郎も驚きを露わにしていた。


母屋の四畳半に風炉が用意された。香の匂いが漂い始める。

家元が正客の座についている。私も次客として同席していた。

運びの平点前で、秋次郎の席が始まった。

秋次郎の動きには少しの気負いもなかった。日常の動作のように自然に振る舞っている。

しかし、道具の扱いが実に丁寧で、見る人を安心させる。

宗順のように、派手な決めはないが、よく見ると、実に基本に忠実な点前だった。基本の動きが見事にこなされていて、全体になめらかな流れを感じる。

見ているうちに、不思議な気分になってきた。道具が使われるために置かれているのではなく、自らの意志で秋次郎のために働こうとそこに集まってきたように見えてきたのだ。

道具がたまらなくいとおしく見えてくる。おとぎ話のように無邪気な楽しさを感じた。

なめらかな動きが、ふと中断された。

秋次郎が注意をいっそう集中させ始めたのがわかる。

茶に湯を注ぐ瞬間だった。

茶の精を殺さぬように最高のタイミングを計っているのだ。

柄杓が返る。湯は一筋になって茶碗へ流れる。茶碗が湯をそっと抱くように受け止める。

すかさず、茶筅（ちゃせん）が茶碗に飛び込む。

すべての道具が、自分の出番と役割を心得ていて、秋次郎はその様子を柔らかな眼差しで眺めているように見える。

家元に、茶を出す。

家元は、いとおしそうに黒楽の茶碗を右手で包み、軽くおしいただいてから、一口ひとくち味わいながら茶を干した。

片手で茶碗を扱うのは、作法にかなっていないせいもあり、ひどくぎこちなく見えるものだ。しかし、家元の場合は違っていた。それもひとつの型のようにすら思えた。

目を細めて、秋次郎の横顔を眺めている。それから、何度か小さくうなずいた。

家元が秋次郎に茶碗をもどす。

秋次郎は、その茶碗で、私のために、さらに一服、茶を点てた。

すばらしい服加減だった。

表面の泡がまろやかに舌を包み、驚くほどの芳香が口いっぱいに広がる。

抹茶を湯でといただけではない。茶臼でひいた抹茶に、湯を注ぐことによって、茶畑に生えているときの生命を呼びもどしたのだ。

それが実感できるほど豊かでみずみずしい香りだった。

「いかがですかな」

家元が私に尋ねた。

「すばらしいです。お点前も、お服加減も……。まるで、魔法みたい」

秋次郎がこれほどの腕前とは知らなかった。

私はただ驚くばかりだった。

家元は満足げにうなずき、秋次郎に言った。

「秋さんや、私もおまえがこれほどまで修業を積んでいるとは思っていなかった。いや、ただ修練を積んだというだけではない。おまえの、茶や道具に対するいとおしみがひしひしと伝わってくる点前だった。わが息子ながら、見事というほかはない」

秋次郎は、いつになく神妙な表情をしている。

彼は何も言わずに、片づけに入った。

「秋さんや、おまえには、今、この場から、宗秋（そうしゅう）を名乗ってもらうことにする」

秋次郎の手が止まる。

彼は顔を上げて家元を見つめた。

「え……？」

「相山流十四代家元として言っておる。秋次郎の秋の字を取って宗秋だ。おまえさんの茶号だよ」

秋次郎は、もの問いたげに家元を見つめていたが、やがて、両手をついて小さく頭を下げた。

「もっと、ましな挨拶はできんのかい、宗秋や」

「今さら、ものものしいまねは照れ臭いだろう、お互いに……」

「まあいい。これから、いっそう精進し、相山流発展のために尽くしてくれ」

「じゃあ、相山流は……」

秋次郎が言った。

家元はうなずいた。

家元は、相山流の門を閉ざすことはしないと言明したのだ。

秋次郎は、さきほどよりはわずかばかり深く頭を下げて言った。

「宗秋、確かに心得ました」


「こいつが小さいころから、茶の世界に魅せられていたのは知っておった」

三人だけの酒宴が開かれ、その席で家元は私に言った。

「だが、少々ひねくれておってな、人前で稽古をするのをいやがったもんだ」

「周りが女の人ばっかりだから、照れ臭かったんだよ」

秋次郎は言って、盃をぐいとあけた。

「こうは言っておるがな、小高さん。こいつは、昔から兄に気がねをしておったんだ。兄は、いずれ相山流の家元となる身。自分は茶の世界から身を引いたほうがいいと考えておったんだな。つまり、それだけ茶道の才に自分が長けているという自信があったのだ。確かに、小さい時分から、秋さんは、教えられた点前はすぐに覚えたし、順一――これは宗順の本名だがな――、あいつより秋さんのほうが、うまくこなした。しかし、それではまずいと幼心にこいつは考えたわけだ。順一と自分を周囲の者が比較するのを恐れたんだな。なまいきな子供だったのだよ」

私は、秋次郎をちらりと眺めた。眼が合った。

彼は、眼をそらして苦笑した。

「秋さんは、父親の私から言うのもおかしいが、天才型だ。誰が見ても、こと茶に関しては順一は秋さんにかなわなかったわけだ」

「俺は天才なんかじゃないよ。堅っくるしいのがいやだっただけさ。それで茶の世界から逃げ出そうとしただけだ。オヤジの考え過ぎだよ」

「家元をあなどってはいかんな、秋さん。人を見ることも茶の修業のひとつなのだからな。おまえさんが、何を考えてるかくらい、ちゃんとわかっておった。こいつが茶に惹かれたのはね、小高さん、もうひとつ理由があるんだ。幼いころに母親を亡くしてるんでね、茶の世界に母親の面影を見ておったんだな」

「俺が兄貴より甘えん坊だったみたいじゃないか」

「事実、そうではないか。今だって、そうだ」

「何がだよ」

「おまえは、小高さんに甘えようとしている。違うか」

「変なこと勘ぐるなよ」

家元は笑った。

「こいつは、人一倍照れ屋でな。なかなか本当の自分を見せようとしない。周囲の師範たちも手を焼いたものだ。大学に進むと、秋さんは、法律の勉強に没頭し始める。茶に代わるものを見つけたつもりでおったのだろう。だが、茶に対する思いを断ち切れなかった。ひそかに、茶の修練と勉強を始めたわけだ。だが、法律の世界も、茶の世界も、うまく両立させていけるほど甘い世界ではない。こいつなりに悩んだのだろう。どちらかを捨てなければならなくなったのだ。秋さんは、茶を選んだ」

「そうだったんですか……」

私は秋次郎に言った。

彼は何も言わなかった。

「順一は、すでに次期家元としての立場を自覚し、あいつなりの動き方で相山流のために働き始めた。政治的な駆け引きや、有名人との付き合いなどに、才能を発揮し始めたのだ。こいつにゃ、秋さんもかなわなかった。さらに、順一は、点前も自分なりに工夫し、誰にもひけを取らぬ型を作り上げた。まあ、ちょっと派手な点前ではあるがな……」

「やっぱり兄貴はたいしたもんだよ」

「秋さんは、ここでも、自分の出番なしと決め込んで、ぶらぶらと毎日を過ごしているように周囲に見せかけていた。陰では、茶の修練と、相山流についての研究を続けながらな」

「もういいじゃないか、俺のことは」

「小高さんには聞いておいてもらいたいのだ。私は、十四代目で初めて、相山流の決まりをひとつ破ることになるのだからな。そして、それは秋さんに関係あることなんだ」

「何だい、それは」

「家元の継承の件だ。社会的な立場を考えると順一はもう家元を継ぐことはできんだろう。あいつも、すでにそれを覚悟しているはずだ」

「じゃあ、どうするんだ」

「第十五代家元は、武田宗秋ということになる」

秋次郎の手は、盃を口にもっていきかけて止まっていた。

「これまでみたいに、ぶらぶらと毎日を過ごすことはできなくなるな、秋さんや」

「俺が、家元に……」

「そうじゃ」

「冗談じゃない。そんな器じゃないよ」

「いや。さきほどの点前で、私は最終決定をした。茶号を与えたのもそのためだ」

秋次郎は盃を置いた。

じっと、何かを考えている。

しばらくして、彼は顔を上げた。

「開祖伝説と秘伝はどうするんだ」

「今回の事件の公判が始まれば、どうしたって公になるだろう。それも、時代の流れかもしれん」

「秘伝は公にされてからも伝えていくのか」

「伝えて悪いという法はない。私はおまえに伝えるつもりだ。おまえが、将来それを伝えるかどうかは、おまえの考えひとつだな。これからは、秋さんの時代になるのだよ」

家元は徳利を差し出した。

秋次郎は、わずかにためらいを見せたが、その酒を盃に受けた。

彼は、一気に盃を干した。

たいへんな場に居合わせたのだという衝撃が醒めぬうちに、宴はお開きとなった。

秋次郎がタクシーを呼んでくれ、門のところまで送ってくれた。

「たいへんですわね、これから……」

「うん……」

「でも、相山流がなくならなくって本当によかった」

「俺が家元になんかなったら、それだけでつぶれちまうかもしれないぜ」

「そんなことはないでしょう。私は、お家元の人を見る眼を信じてますわ」

ヘッドライトが坂を登ってくるのが見えた。秋次郎が呼んだタクシーだった。

「今夜はごちそうさまでした」

私は頭を下げた。

「また会ってくれるね」

「これからは道場にもいらっしゃるのでしょう。稽古のときにお会いできますわ」

「いや……。そういうんじゃなくてだな……。つまり、ふたりきりで……」

「次期お家元とですか、とんでもありませんわ」

「そういうことは抜きで考えて欲しい。俺は今までどおりだし……」

私は笑った。

秋次郎は
「え？」

と小さく言って私を見つめた。

「冗談ですよ。でも、まだ解決しなくちゃならない難問がひとつあるんです。それを考えるのに忙しくて……」

「何だい？」

「秋次郎さんの性格の究明ですわ」

私は、タクシーに乗り込んだ。

ドアの間から秋次郎が言った。

「その問題解決には、俺も手を貸そう」

ドアが閉じて、タクシーは発進した。

振り向くと、秋次郎が手を振っていた。

私もほほえみながら、小さく手を振った。


（了）

解説

西上心太

今野敏が「今野塾」という空手道場を主宰する武道家であることはよく知られている。北海道の地方都市で生まれ育った今野少年は小学生のころ、極真空手を創設した大山倍達の波乱の生涯を描いた少年劇画『空手バカ一代』と出会う。そして中学時代にブルース・リーが出演していたテレビドラマを見て空手熱が爆発し、自宅の庭に巻藁を自作して自己流の突きや蹴りの練習にいそしんだという。しかし中学には空手部はなく、剣道部に入部。高校には空手部はあったものの、なぜか演劇部と茶道部に入部した。大学では部員が三人しかいない体育会の空手部に失望し、高校時代と同様に茶道部に入り茶道を続けながら、同好会系の空手サークルに参加したのだそうだ。このあたりの事情については『琉球空手、ばか一代』(集英社文庫)に詳しい。今野敏という作家がいかにして出来上がったかをユーモラスに語った自伝的エッセイ集であり、興味深いエピソードや秘話が満載で、一読をお薦めする次第だ。

本書『茶室殺人伝説』は一九八六年にサンケイノベルスの一冊として出版された作品で、今回が初文庫化となるため、今野敏の熱烈なファンにとってもなじみが薄い作品ではないだろうか。警察小説や武道小説で知られる今野敏が、茶道をテーマにしたミステリーを書いていたのかと驚く方も多いと思うが、先述したような事情があるため少しも不思議ではないのである。

主人公は鎌倉の自宅から都心の会社に通う二十代半ばのＯＬ・小高紅美子である。毎週水曜日には、紅美子は終業と同時に会社を飛び出し鎌倉に帰る。それというのも紅美子が入社以来三年間習っている「相山流」茶道の稽古日であるからだ。紅美子の師匠は、相山流の内弟子である宗京こと九門京子という女性だ。京子は三十歳という若さだが、次期家元宗順の信頼を得ている実力者である。ところがその日の稽古前に、京子が見知らぬ男と激しく言い争いをしているところを紅美子は目撃してしまう。

男が立ち去った後、京子と顔をあわせた紅美子は、宗順の婚約発表を兼ねた大きな茶会で京子とともに宗順の茶席を手伝うよう依頼された。次期家元の手伝いという大役を仰せつかった紅美子は、京子と言い争っていた男のことは気にならなくなっていた。

茶会当日、京子と口論していた男が再び現れる。茶室の裏手で今度は宗順と言い争いになるが、やがて二人は茶室内に入っていく。しばらくして茶室内から大きな物音と男のうめき声、そして女の悲鳴が聞こえてきた。紅美子が茶室に入ると中には宗順と京子のほか、刃物を握った手で自分の胸を刺して死んでいる男の死体があった。紅美子は宗順の弟の秋次郎とともに事件の真相を追い始めるが、事件の底には相山流の秘伝に関わる謎と、開祖以来の因縁が横たわっていた……。

高校、大学と茶道部に入部した今野敏のような例はむしろ稀で、一生茶道と縁のない男性は多いはずだ。現にわたしも抹茶を飲むのは大好きだが、一度も茶を習ったことはないし、茶会に出たこともない。一方女性にとっては花嫁修業（という言葉も死語に等しいが）の一端として、あるいは一生楽しめる奥の深い習い事として人気がある。もともと茶道は男性のものだったことを思えば、歴史の流れとはいえ不思議な気がする。

茶道は一種の総合芸術でもある。およそ茶道家というものは、歌、草花、書、焼き物などの道に通じていなければならない。人を招き、場を共有し、茶を喫する。この単純な中に、あらゆる日本古来の美を凝縮させる。それを象徴する言葉が「一期一会」である。

このミステリー史上でも珍しい茶道ミステリーの魅力は三つに集約できる。

まず一つ目。どこまでも奥深く、なじみのない者には極めて分かりにくい茶道の魅力を、プロットに添わせつつ、蘊蓄(うんちく)を適度にちりばめながらきちんと伝えていることだ。

現在の茶道である侘茶は千利休によって完成した。相山流はその利休の弟子であった武田宗山が開祖となった「武士の茶」という設定となっている。当時の茶道は政治と直結していたことを忘れてはならない。利休は単なる茶人ではなく、天下を取った豊臣秀吉に仕えるブレーンでもあったのだ。数年前までは日本全国で武将たちが合戦をくり広げていた、史上もっとも血なまぐさかった時期にあたる。そのため茶室の入り口である躙口(にじりぐち)は極めて狭く作られており、また客側の窓を高い位置にするなど、不意の乱入者や外部からの攻撃を防ぐような工夫がなされている。

相山流もそれを踏襲しており、さらに「武士の茶」であるため、「開祖伝説」と呼ばれる家元だけが体得している秘儀が、連綿と伝承されているのである。この秘儀は作者のもう一つの得意分野である武道と密接に関連している。これも戦国時代という茶道が発展した時代の背景を考えれば、リアリティを損なうような設定だと思う者はいないはずだ。もっともこの秘儀(秘技)がどのようにストーリーにからんでくるのかは、ここで明かさない方がいいだろう。

　さらに茶を点てる描写がすばらしい。われわれ素人はともすれば形式張った茶道の動きを軽視する。ところがそうではないことがすぐに分かってくるはずだ。形式を身につけるということは、あらゆる無駄を省くということに繫がるのだ。紅美子が家元である武田宗毅に茶を点ててもらう百十六ページ以降のシーンを一読願いたい。今野敏はもとより簡潔な文体を貫く作家であって、ことさら美文を操るような作家ではない。だが茶を点てるというだけのシーンを簡潔に無駄なく描いているにもかかわらず、心が揺さぶられるようなエモーショナルな気分を読者に与えるのである。わずかデビュー数年の若手作家の手になるとは思えない一節といえよう。

　二つ目が主人公の設定である。紅美子は自らを「何にでも手を出したがり、そのくせ飽きっぽい性格」と評している。さらに師匠である京子に憧れ、次期家元に淡い想いを抱いている。まさにごく普通のお嬢さんという言葉がぴったりの女性だ。その彼女が家元の宗毅や次男の秋次郎と、事件がきっかけとなりはからずも交流するうちに、持ち前の好奇心や何事も諦めようとしない意志の強さが表面に現れてくるのだ。そしてその過程で新たな運命にも直面する。そう、魅力的なヒロインの成長物語という側面も持っているのだ。

　第三に印象的な脇役が多いことだ。その筆頭が第十四代家元の武田宗毅である。「道具などというものは、使いたい人が使いたいように使って初めて生きる」、「誰かが忍び込んで高価な道具を持ち去ったとしても、所詮茶の入れ物に過ぎぬのだから大騒ぎするほどのことではない」、「道具があまり大切だと言って家の守りを固くし過ぎて、客に近寄りがたさや居心地の悪さを感じさせることのほうを、よほど恐れなければならない」とつねづね語るような人物なのである。

茶道には、高価な茶器や教養をひけらかすなど、スノビズムに染まりやすい一面がある。だが道具を道具と割り切り、権威に恬淡（てんたん）としている武田宗毅という人物は実に魅力的である。先に挙げた紅美子に茶を点ててあげるシーンも、宗毅というキャラクターだったからこそ実現したのである。

宗毅と並ぶのが彼の次男である秋次郎だ。家元宅に同居していながら、門人たちのほとんどが会ったことがないという人物だ。紅美子が彼と出会ったのは事件が起きた茶会の時だった。白いコットンパンツにポロシャツという気軽な姿で現れ、兄がしつらえた茶室を一瞥し、的確な言辞を残して風のように去っていく。二人でコンビ探偵役を組むようになってから、紅美子は秋次郎の複雑な内面を知り、徐々に惹かれはじめていく。一門を大きくしようと、政治家や財界人など有力者との付き合いに積極的な兄とは違い、哲学的とでも言えるだろうか、求道者のように茶の道と向き合っていることが分かってくるのだ。

もう一人印象的なのが、神奈川県警の安積刑事だ。はからずも後年、今野敏の中心的なシリーズの一つとなるベイエリアシリーズの主人公と同姓であるが、これは別人と考えていいだろう。第一、ベイエリアシリーズの安積剛志警部補は警視庁の人間だ。さてこちらの安積は背はそれほど高くないが肩幅が広くたくましい体つきで、「人相のあまりよくない男」と紅美子は表現している。鋭い目つきをしていながらも、一瞬にして優しい光に満たされるなど、対象となる人物次第で視線を自在に変えられるようなのだ。しかも勘が鋭く、紅美子が最初の事情聴取でなにか隠していることがあると即座に見破っていたほどなのだ。

　魅力的な人物をあちこちに配置して、常に何らかの謎を含んだ物語が若いヒロインの一人称でスピーディに進んでいく。本書を読むことは、達人によるお点前（てまえ）をいただくことと等しい。

　至福の一服。至福の一冊。

この作品は一九八六年四月、サンケイ出版より刊行されました。
(この作品はフィクションです。登場する人物、団体は、
実在するいかなる個人、団体とも関係ありません。)

|著者| 今野 敏　1955年、北海道三笠市生まれ。上智大学在学中の'78年に「怪物が街にやってくる」で問題小説新人賞を受賞。大学卒業後、レコード会社勤務を経て執筆に専念する。2006年、『隠蔽捜査』で第27回吉川英治文学新人賞、'08年、『果断 隠蔽捜査2』で第21回山本周五郎賞、第61回日本推理作家協会賞を受賞。'17年、「隠蔽捜査」シリーズで第2回吉川英治文庫賞を受賞する。その他、「警視庁強行班係・樋口顕」シリーズ、「ST警視庁科学捜査班」シリーズなどがある。

茶室殺人伝説（ちゃしつさつじんでんせつ）
今野 敏（こんの びん）

2009年9月15日第1刷発行
2024年11月15日第17刷発行

発行者──篠木和久
発行所──株式会社 講談社
東京都文京区音羽2-12-21　〒112-8001
電話 出版（03）5395-3510
　　 販売（03）5395-5817
　　 業務（03）5395-3615

Printed in Japan

講談社文庫
定価はカバーに
表示してあります

KODANSHA

デザイン─菊地信義
本文データ制作─講談社デジタル製作
印刷───株式会社KPSプロダクツ
製本───株式会社KPSプロダクツ

ISBN978-4-06-276450-6

講談社文庫刊行の辞

二十一世紀の到来を目睫に望みながら、われわれはいま、人類史上かつて例を見ない巨大な転換期をむかえようとしている。

世界も、日本も、激動の予兆に対する期待とおののきを内に蔵して、未知の時代に歩み入ろうとしている。このときにあたり、創業の人野間清治の「ナショナル・エデュケイター」への志を現代に甦らせようと意図して、われわれはここに古今の文芸作品はいうまでもなく、ひろく人文・社会・自然の諸科学から東西の名著を網羅する、新しい綜合文庫の発刊を決意した。

激動の転換期はまた断絶の時代である。われわれは戦後二十五年間の出版文化のありかたへの深い反省をこめて、この断絶の時代にあえて人間的な持続を求めようとする。いたずらに浮薄な商業主義のあだ花を追い求めることなく、長期にわたって良書に生命をあたえようとつとめるところにしか、今後の出版文化の真の繁栄はあり得ないと信じるからである。

同時にわれわれはこの綜合文庫の刊行を通じて、人文・社会・自然の諸科学が、結局人間の学にほかならないことを立証しようと願っている。かつて知識とは、「汝自身を知る」ことにつきていた。現代社会の瑣末な情報の氾濫のなかから、力強い知識の源泉を掘り起し、技術文明のただなかに、生きた人間の姿を復活させること。それこそわれわれの切なる希求である。

われわれは権威に盲従せず、俗流に媚びることなく、渾然一体となって日本の「草の根」をかたちづくる若く新しい世代の人々に、心をこめてこの新しい綜合文庫をおくり届けたい。それは知識の泉であるとともに感受性のふるさとであり、もっとも有機的に組織され、社会に開かれた万人のための大学をめざしている。大方の支援と協力を衷心より切望してやまない。

一九七一年七月

野間省一